A STREET CAT NAMED BOB

遇见一只猫

增补修订版

与Bob相伴的日子

[英] 詹姆斯·波文 著
袁婧 檀秋文 许伟伟 译

中国华侨出版社
·北京·

献给布莱恩·福克斯……
以及每一个曾失去朋友的人

目 录
Contents

Chapter 1　流浪的小家伙　1

Chapter 2　康复之路　13

Chapter 3　小手术　33

Chapter 4　无票乘车　43

Chapter 5　注目的中心　49

Chapter 6　一个男人和他的猫　63

Chapter 7　两个火枪手　81

Chapter 8　合法的一家人　93

Chapter 9　逃跑的艺术家　99

Chapter 10　圣诞小猫　109

Chapter 11　蒙冤被捕　117

Chapter 12　第683号销售员　131

Chapter 13　完美的销售点　143

Chapter 14　身体不适　151

Chapter 15　黑名单　161

Chapter 16　天使区的中心　179

Chapter 17　难熬的48小时　187

Chapter 18　回到澳大利亚　197

Chapter 19　地铁站站长　211

Chapter 20　漫长的一夜　219

Chapter 21　Bob，《大志》之猫　229

致　谢　235

出版后记　238

Chapter 1
流浪的小家伙

我曾读到过一句名言，是这样说的："我们生命中的每一天都有第二次机会。它们等待着被发现，但我们通常都没有把握住。"

我花费了大把的时光来验证这句名言。我曾有过许多机会，这样的事甚至每天都会发生。可是在很长的一段时间里，我都未能抓住机会，但在2007年的早春时节，当我开始照顾Bob之后，这一切都发生了改变。回忆起来，也许那也是Bob的第二次机会。

我第一次遇见Bob，是在三月一个黑漆漆的星期四夜晚。冬季的伦敦寒意还未散去，泰晤士河上吹来凛冽的寒风，空气中弥漫着一层淡淡的薄雾。因此，我在科芬公园卖艺一整天之后，比往常稍微提早一点儿收工，回到伦敦北郊的托特纳姆区，那里是我的新避难所。

和往常一样，我挎着黑色的吉他箱和帆布包，同行的还有我的好友贝尔。早年我们曾交往过，但现在只是普通朋友。我们计划在家吃点儿便宜的外卖咖喱饭，然后用我从街角慈善商店淘来的黑白小电视看部电影。

不出所料，公寓的老电梯停止了运行，我们只能走向楼梯口，不情愿地准备往五楼爬。

走廊里的灯也坏了，一半的区域漆黑一片，但当我们走向楼梯的时候，我注意到黑暗中有一双闪闪发光的眼睛。它轻轻发出一声温柔的"喵"。我一下子意识到那是什么了。

再靠近一点儿，借着幽暗的灯光，我看到一只姜黄色的猫蜷缩在一楼一个房间外的门垫上，这个房间直对着走廊。

我小时候养过猫，这种动物总能触及我内心的柔软。仔细观察后我发现，这是一只公猫——雄性。

我从未在公寓楼里见过他，但即便是在如此昏暗的光线下，我也能看出他有些不寻常。他似乎有种灵性，没有一丝紧张，甚至显得很放松，颇有种镇定自若的气质。他看我的样子仿佛是在自己家，而那平静、好奇且智慧的目光像是在说我才是误入他领地的迷失者。他好像在问："你是谁？你怎么会到这儿来？"

我忍不住跪下来介绍自己。

"你好，小家伙。我以前没见过你，你住在这儿吗？"

他继续盯着我看，表情中带着些许不经意的样子，似乎是在斟酌。

我轻轻抚摸着他的脖子，一是想跟他熟悉，二是想看看他有没有戴项圈或其他身份证明物。虽然黑暗中很难看清，但他什么都没有戴，我立刻意识到他是流浪猫。在伦敦，最不缺的就是这样的流浪动物。

他看上去很享受我的关心，开始在我面前轻轻舔毛。抚摸一阵后我发现，他身上的毛有的地方结成了块状，还有的地方都秃了，而且他明显饿了。看他在我身边撒欢似的蹭来蹭去，我确定他需要一些关爱和体贴。

"真可怜，我想他是一只流浪猫。没有戴项圈，又这么瘦。"我看着贝尔说，她正站在楼梯口耐心等着我。

贝尔知道我喜欢猫。

"不，詹姆斯，你不能养他。"她提醒我，并冲着这只猫蹲着的门垫点头示意，"他不像是随意走到这里来的，很有可能就是住在这屋子里的人养的。他也许是在等主人回来给他开门。"

我不得不承认她说得有道理。即使所有证据都证明他确实在流浪，我也不能随便捡只猫带回家。毕竟我自己刚刚搬进来，还没安顿好。如果他真是别人家的猫怎么办？自家的宠物被别人拐走，任何人都不会高兴吧？

再说，我现在最不需要的就是额外的负担。一个事业无成的音乐人，一边戒毒一边住在福利房里，自己尚不能糊口。现在这种情况下，能养活自己已经很不易了。

第二天是周五，早晨我下楼看到那只猫依然在那里。似乎在过去的十二小时里，他连姿势都没有换过。

再一次，我单膝跪下轻轻摸了摸他。他又明显表现出很高兴的样子，喉咙里发出"咕噜咕噜"的声音，享受着这种关心。虽然他还没有100%信任我，但能看出来，他觉得我还不赖。

在日光下，我才看清楚这个美丽的精灵。他有一张标致的面庞，绿色的双眼炯炯有神，只是两眼间的距离有点儿近。从他脸上和腿上的划伤能看出，他肯定经历过打斗或遭遇过事故。就像我昨晚猜测的一样，他的皮毛状态很差，身上的毛稀少且粗硬，而且有大块大块的秃斑。我真的很替他担心，但我再次提醒自己："别再为这只猫操心了，还是为你自己操心吧。"我很不情愿地转身去赶从托特纳姆开往科芬公园的公共汽车。我要在那里卖艺来挣钱养活自己。

当我回到家的时候已经很晚了——差不多晚上10点。我快步冲向走廊，想看看那只姜黄色的猫在不在。

但是，他已经走了，没有留下一丝踪迹。我有一点儿失望，毕竟我们相处得不错，但总的来说还是放心了。大概是主人回来把他放进去了吧。

第三天，我下楼看到他又回来了，就待在原来的地方。我心里有点儿难过，他似乎比之前更加虚弱了，毛发也更乱。他看起来又冷又饿，还在不停地发抖。

我边抚摸他边问："还在这儿？你今天看起来不太好啊。"

我决定不能再这样下去了。

我敲了敲那个房间的门，觉得必须说点儿什么。如果他真是这户人家的宠物，就不应该受到这样的对待。他需要水和食物，也许还需要看医生。

一个胡子拉碴的家伙打开了门。他身穿T恤和运动短裤，看起来还没睡醒，但这时已经是下午了。

"对不起打扰你了，先生。这是你的猫吗？"我问。

那一瞬间，他看我的眼神像是在看一个疯子。

"什么猫？"他说，低头看了一眼垫子上缩成一团的姜黄色公猫。

"哦，不是我的。"他不在意地耸耸肩，"伙计，他跟我没关系。"

"可他在这里蹲了好几天了。"我显得有些茫然。

"是吗？估计是闻到了饭香之类的吧。我已经和你说了，他和我没什么关系。"

之后，他砰的一声关上了门。

就在那一刹那，我下定了决心。

"好吧小家伙，你跟我走吧。"说着，我开始从帆布包里找饼干盒子，卖艺的时候，我经常随身带些饼干，招待周围的小猫小狗。

我晃着盒子，发出"哗哗"声，他立刻站起身跟了过来。

他的脚有些不自在，后腿移动的方式也很别扭，以至于爬五层楼花了我们不少时间。最后，我们终于安全抵达。

坦率地讲，我的房间很旧。除了电视，我的所有家当就是一张二手沙发床和厨房里时好时坏的冰箱、微波炉、水壶、烤面包机。我没有灶台。屋里只有书、录像带和一些小摆设。

我有收集癖，会从街上收集各种各样的东西。房间的角落里放着一个坏掉的停车计时器，另一个角落里则搁着头戴牛仔帽的破损人体模型。一个朋友曾形容我这里是"老古董店"。但眼下，就像所有到了新环境的人一样，这只猫最感兴趣的只有厨房。

我从冰箱里取出一些牛奶，倒进盘子里，然后掺了一点儿水。我知道一个与很多人看法相悖的观点——牛奶对猫并不好，因为它们实际上有乳糖不耐受症。

但很快，他就把盘子舔得一干二净了。

我又在冰箱里找到了一些金枪鱼，将鱼肉跟饼干碎搅拌在一起给他吃。他依然吃得狼吞虎咽。"可怜的小家伙，他一定是饿坏了。"我心想。

在经历了楼道中的冰冷、黑暗后，我的公寓对这只猫来说，简直是五星级的奢华酒店。他在厨房吃饱后显得很开心，走回客厅，在靠近暖气片的地方窝了起来。

我坐在他旁边的地板上仔细观察他，与猜测的一样，他的腿的确是受伤了。我发现他的右后腿上有一大块脓肿。从伤口大小来看，像是被大型犬科动物咬过，或许他曾经被一条狗或者一只狐狸咬过，被咬住后他曾挣扎着逃跑，于是撕裂了伤口。除此之外，他身上还有很多抓痕，其中一道就在脸上，离眼睛不远，背上和腿上也都有。

我把他放进浴缸里，小心翼翼地给伤口消毒，然后在伤口周围涂了些不含酒精的润肤乳，又在伤口上抹了些凡士林。大多数猫在接受治疗的时候都可能乱抓乱挠，但他表现得非常乖巧。

接下来的一整天，他都待在暖气片旁边，这里是他最爱的地方。但他很快便在房间里走来走去，不时巡视，上蹿下跳，无论抓到什么都挠个不停。在被忽视了一段时间后，现在角落里的人体模型也开始吸引他的注意力了。但我不在意，他可以做任何自己喜欢的事。

我知道姜黄色的猫活泼好动,身体里积蓄了太多的能量。当我挠到他身体某处时,他会跳起来冲我伸爪子。有一会儿,他甚至凶猛地胡乱抓挠,差点抓破我的手。

"好了,伙计,冷静点。"我边说边把他从身上抱下来放回地面。我知道,年轻的公猫如果不做绝育手术,精力会特别旺盛。我猜他还是"完整的",随时可以进入发情期。虽然我不能确定,但再次隐隐感觉到他不是家猫,而是一直在流浪。

晚上我看电视的时候,他就蜷在暖气片旁边,看上去很满足的样子。上床睡觉时,他跟着我进了卧室,爬上床脚,在我脚边缩成一团毛球。

当我在黑暗中听见他温柔地打呼噜时,感觉棒极了。他是一个好伙伴,很久没有人这样陪伴我了。

星期天早晨我早早起来,想去街上看看能不能找到他的主人。在公交车站的布告栏里,经常会贴有"寻猫启事"。路灯柱、公告板,甚至是公共汽车站牌上也总贴着寻找宠物的告示。走失的猫太多了,我有时甚至怀疑附近有个专门偷猫的盗窃团伙。

我把猫带在身边,因为也许很快便能找到他的主

人。出于安全考虑，我用一根鞋带拴着他。下楼的时候，他很高兴地走在我身边。

一来到室外，他就开始拽鞋带，似乎想要带着我走。我猜他想去方便。果然，他转身走向隔壁楼房边上的一小片绿化带，消失了一两分钟，去"接受大自然的召唤"。完事之后，他又走过来，开心地钻进了绳圈里。

我告诉自己："他一定是非常信任我。"瞬间，我感觉到自己必须回报他的这份信任，尽力帮他摆脱困境。

我的第一个行动是拜访街对面的一位女士，她因为照看猫咪而在本地小有名气。她为附近的流浪猫提供食物，必要时还会带它们去做绝育手术。她开门的时候，我看到这里至少住了五只猫。天知道屋里还住了多少。方圆数英里之内的每一只猫都知道她家的后院是最好的觅食地。我不知道她是如何承担养这些猫的花费的。

她一看到这只公猫就喜欢上了他，还给了他一点儿零食。

她是位很可爱的女士，但也搞不清这只猫从哪里来。她从来没有在附近见过他。

她说："我打赌他肯定来自伦敦的其他地方。如果他是被人抛弃的，我也不会感到惊讶。"她告诉我，会帮我留意这方面的信息。

我有一种感觉，她是对的，这只猫来自托特纳姆以外的其他地方。

回到街上后，我突发奇想，把他身上的绳子取了下来，想试试他知不知道自己要去哪儿。但他明显不知该去向何方，完全是一副迷茫的模样。他盯着我，好像在说："我不知道这儿是哪里。我能跟你走吗？"

我们又走了几小时，中途他匆匆走进树丛方便了一下，我则在一旁询问路人是否曾经见过他，但我得到的回答只有茫然和耸肩。

显然，他并不想离开我。四处乱逛的时候，我不禁想知道在他身上发生了些什么：他从哪里来？他在坐到楼道地垫上之前都经历了什么？

某种程度上，我觉得街对面的"猫事通"女士说得很有道理，他应该是一只家猫。他长得很好看，或许曾经是某个家庭的圣诞礼物或生日礼物。没有做过绝育手术的姜黄色猫会有一点儿精力过剩，而且情况会变得越来越严重，这点我已经见识过了。和其他猫相比，它们会变得更难相处。我的猜测是：他变得过度躁动，而主人控制不住他。

我能想象到他的主人大喊着"受够了"，把他扔进车里，开出很远，丢在路旁，而不是把他送去收容所或是皇家防止虐待动物协会治疗中心（RSPCA）。

猫的方向感很强，但他明显离家太远，再也找不到回家的路了。或许他知道以前的那个家不好，所以

决定是时候找一个新主人了。

我还有一种猜想是他的前任主人是位老人，现在已经过世了。

当然，也可能以上的猜测都不正确。因为他并没有接受过家猫的训练，这是最有力的证据。但和他在一起的时间越长，我越觉得他一定在某个人身边生活过。他对照顾自己的人十分亲昵。现在我们两个就是这样的状态。

关于他身世的最大线索，是他身上那一大块看起来很严重的伤口。他一定经历过一场打斗。从脓肿程度来看，这是好几天甚至一周以前的旧伤了。这也暗示着他可能是一只流浪猫。

伦敦街头有很多流浪猫，它们四处游荡，靠吃人们丢弃的食物和好心人的喂食过活。五六百年之前，格雷沙姆街、克勒肯维尔绿地和特鲁里街都是远近闻名的"猫街"，流浪猫泛滥成灾。这些迷失者是这座城市里的"流浪贫民"，每天都在为生存争来斗去。很多猫都像这只姜黄色的公猫一样：消瘦憔悴、遍体鳞伤。

或许他在我身上找到了共同点。

Chapter 2
康复之路

我从小和猫一起长大,所以觉得自己能大致理解它们。小时候,我家里养过几只暹罗猫,似乎在某段时间里还养过一只非常漂亮的玳瑁猫。与它们相关的记忆多数都是美好的,但其中也有一段令我印象最深刻的阴暗记忆。

我在英格兰和澳大利亚长大。当我们住在澳大利亚西部一个叫克雷吉的地方时,曾养过一只可爱的毛茸茸的白色小猫。我记不清它从哪里来,也许是从当地农夫那里要来的。但无论它来自哪里,那一定是一个糟糕的家。可以肯定的是,在我们收养它之前,它都没有接受过兽医的检查。那只可怜的小家伙身上长满了跳蚤。

一开始我们并没有发现这一点。那只小猫的毛是如此浓密,以至于皮肤因为跳蚤而溃烂了都没人发现。

跳蚤是一种寄生虫，它们以其他生物的血为养料过活。这些跳蚤几乎吸干了那只可怜小猫的血。当我们发现异样时，已经太晚了。妈妈带它去看兽医，但医生也无力回天。它身上有多处感染，还有其他疾病。与我们一起生活还不到几周，小猫就死了。我当时只有五六岁，非常伤心，我母亲也很难过。

过了这么多年，我还是很怀念那只小猫，尤其是看到白猫的时候。那个周末，我在跟这只姜黄色的公猫玩耍时，那只小猫的样子一直浮现在我的脑海里。这只姜黄色猫的皮毛状况也很糟糕，有好几块斑驳的毛发。我有一种不祥的预感，他或许会跟那只白色小猫遭遇相同的事情。

星期天晚上跟他一起待在公寓里时，我做了一个决定：我不会让那种事发生。虽然我对他的照料并不一定能使他康复，但我决不会放任不管。

我决定带他去看兽医。我知道自己之前的临时处理不足以使他的伤口真正愈合。而且，我不知道他是否还有其他潜在的疾病。我不想冒着错过最佳治疗期的风险苦等，于是决定第二天早晨带他去附近的皇家防止虐待动物协会治疗中心，就在七姊妹路的那一头，通向芬斯伯里公园的地方。

第二天闹铃响得很早，我起来给他准备了一碗捣碎的饼干拌金枪鱼。这又是阴沉的一天，但我知道这不是懒惰的借口。

鉴于他的腿伤很严重,我知道他走不了90分钟的路程,因此决定把他装在一个绿色的回收箱里带过去。这样做并不理想,但我没有其他更合适的替代品。刚要动身时,我发现他明显不喜欢被装在箱子里。他不停地用爪子抓挠箱子的边沿,试图爬出来。最终,我放弃了。

"来吧,我抱着你。"我说,一手抱着他,一手拎着回收箱。他很快便爬到我的肩膀上坐好了。我让他一直待在那儿,自己则拿着空箱子,一路走到了皇家防止虐待动物协会治疗中心。

一进入治疗中心,就如同踏进了地狱的大门,屋内爆满,大部分都是愤怒的狗狗和它们火气同样大的主人。多数人都是剃着平头、文着激进文身的小伙子。而七成的狗狗都是斯塔福郡斗牛梗,它们显然是和其他狗打架受伤了,这也许是因为人类的"娱乐活动"。

英国号称是"动物友爱之邦",但在这里可看不到什么爱。一些人对待宠物的方式让我感到恶心。

小猫一会儿坐在我的膝盖上,一会儿坐在我的肩上。他有一点儿紧张,但我不会责怪他,因为候诊室里的绝大多数狗都在朝他狂吠。还有一两只企图靠近他,但都被牵引绳紧紧拉住了。

狗狗一只接一只地被带进诊疗室,每次护士出现时,我都以为轮到我们了,但结果都会失望。我们等了足足四个半小时。

终于，护士叫到我："波文先生，你现在可以去见兽医了。"

　　兽医是个中年男人，一副看透一切的厌世表情——你在很多人脸上都能看到这种表情。也许是门外躁动的氛围所致，他似乎随时都处在崩溃的边缘。

　　"哪儿不舒服？"他问。

　　我知道他只是例行公事，但我很想说："如果我知道就不会来这儿了。"不过，我还是忍住了。

　　我告诉他在公寓走廊发现这只猫的经过，并给他指了指猫后腿上的那块脓肿。

　　"好的，我们来看看。"他说。

　　兽医感觉到了猫的疼痛，开了一些小剂量的止痛药，接着告诉我他还会开足够两周疗程的猫用抗生素。

　　"两周内如果情况还没有好转的话，再来看看。"

　　我觉得，这是个检查跳蚤的好机会。于是，兽医快速查看了一下猫的毛皮，没有发现任何异常。

　　"但是你需要给他开些药预防一下。对小猫来说，跳蚤确实是一个麻烦。"他说道。

　　我一边忍着心底的怒气，心想"我知道"，一边盯着他开完药方。

　　兽医还检查看他有没有被植入微芯片。答案是没有，这使我再次怀疑他也许是一只流浪猫。

　　"有机会的话，就给他植入一枚芯片吧。"兽医建议道，"而且我认为他应该尽快做绝育手术。"他边说

边递给我一本宣传册，上面刊登着免费为流浪猫狗做绝育手术的项目广告。考虑到这只猫在房间里又撕又扯，精力极其充沛，我点头对此表示同意。"这是个好主意。"我笑着说，希望他能追问一句"为什么"。

但兽医对此并不感兴趣。他在电脑上输入病历记录，然后打印了一张处方。我们就像流水线上的产品，等待处理完毕后被推出门去，换下一个病人进来。这不是个人的错，而是体制问题。

几分钟后，我们结束了这次就诊。离开兽医的诊室后，我去药房递上了处方。

穿白大褂的护士明显友善许多。

"他真是一个可爱的小家伙。"她说，"我母亲以前也有一只姜黄色的猫。那是她最好的伙伴，脾气非常好，经常坐在她脚边观察其他人在做什么。哪怕是炸弹爆炸，他也不会离开我母亲。"

她核对了药物信息，开出一张账单。

"请付22英镑，亲爱的。"她说。

我的心往下一沉。

"22英镑？真的吗？"要知道，我身上总共只有30英镑。

"是的，亲爱的。"护士说。她同情地看着我，却又没留什么回转余地。

我递过30英镑现金，再拿回找的零钱。

这对我来说是一笔巨款，是一天的收入。但是我知道自己别无选择：我不能让我的新朋友失望。

当我们走出大门，准备一起长途跋涉回家的时候，我对小猫说："看起来，接下来的半个月我们被拴在一根绳上了。"

这是实话，直到他康复为止，至少半个月内我是没法摆脱他了。没有其他人能保证他按时吃药，而且为了防止伤口感染，我不能让他回到街上去。

我不知道为什么要这么做，但是照顾他的责任感让我心里充满了能量。我感到自己的生活有了新的意义，我要做一些更有意义的事，努力为其他人着想，而不仅仅是为了自己。

下午，我去附近的宠物商店给他买了猫粮，够他吃几个星期。另外，治疗中心给了我一份科学配方猫粮的试吃包，我喂他的时候，他很爱吃，所以我又买了一大袋。除此之外，我还买了一个猫食盆。这些总共花了我9英镑，这已经是我手头的最后一点儿钱了。

当天晚上，我不得不把他独自留在家里，一个人背着吉他去了科芬公园。现在我有两张嘴要养活了。

接下来的几天，他在我的照顾下逐渐康复，而我也更进一步了解了他的脾气。现在我已经给他取了个名字：Bob。我是在看最喜欢的电视剧《双峰》(*Twin*

Peaks）时想到的这个名字。剧里有一个角色，名叫杀手Bob。他实际上是一个精神分裂症患者，类似有双重人格的角色。上一分钟，杀手Bob还是一个正常、理智的家伙；下一分钟，他就有可能变得疯狂、失去控制。这只公猫的脾气有一点儿像他。当他高兴且得到满足的时候，就是你所见过的最文静、最乖巧的猫；但是当情绪不好时，他又会变成一个绝对的"疯子"，在屋子里四处狂奔。一天晚上，贝尔来看我，我和她谈起了这些想法。

"他有点儿像《双峰》里的杀手Bob。"我说完后，她一脸茫然。

没关系，他就叫Bob了。

我现在很肯定Bob是一只流浪猫。因为需要大小便时，他始终拒绝在我给他买的猫砂盆里解决。因此，我不得不带他下楼，让他在公寓周围的花园里大小便。他会急匆匆地冲入茂密的花丛中，尽情释放，然后把周围的土扒拉扒拉，盖住"证据"。

一天早晨，我在看他上厕所的时候突然想，他之前的主人会不会是流浪者呢。托特纳姆有很多这样的人，我们的公寓附近好像就有一处流浪者宿营地。也许他曾经是流浪家庭中的一分子，但在旅途中被遗弃了。总之，他肯定不是家猫，这一点我很清楚。

Bob逐渐对我产生了依赖，我也一样。起初他虽然表现得很友好，但始终存在防备心。随着时间流逝，他变得越来越从容,也越来越友善。虽然有时也会精力过剩,甚至颇具攻击性,但我知道他只是需要做绝育手术而已。

我们的生活逐渐走上了正轨。早上我会把Bob留在公寓里,独自前往科芬公园。我在那里卖艺,直到挣到足够的钱才收工。当我回到家的时候,他常常已经在门口等我了。然后他会跟着我一起来到客厅,偎在沙发旁边看电视。

现在我算是知道他是一只多么聪明的猫了。无论我发出什么指令,他几乎都能理解。

当我拍拍沙发,邀请他上来坐在我身边时,他就会跳上来。当我告诉他到吃药的时间了,他也会明白我的意思。每次他都看着我,好像在说:"我必须吃吗?"但是当我把药放进他嘴里,轻轻摸着他的喉咙直到他把药吞下去时,他从来不会挣扎。如果你试图让猫张开嘴,大部分猫都会发疯,但是他已经相信我了。

这时,我开始意识到这只猫身上还有一些非常特别的东西。我从来没有见过像Bob这样的猫。

无论从哪个方面来看,他都不完美。他知道食物藏在哪儿,当他找食物时,经常在厨房里上蹿下跳,打翻锅碗瓢盆,橱柜和冰箱的门上到处都是他觅食时留下的爪印。

但如果我告诉他不可以,他就会停下来。

我所能做的就是说:"不,Bob,离开这儿。"然后

他就会乖乖地听话离开。这表明他非常聪明,但也再次激发了我对于他背景的所有疑问。一只野生或流浪的猫会听懂人的话吗?我对此表示怀疑。

我真的很喜欢Bob的陪伴,但我知道自己要小心。我们的感情不能太深,他迟早会想回到街上。Bob不是那种喜欢被圈住的猫,他不是一只家猫。

但是在短期内,我是他的守护者,我要尽最大的努力去适应这一角色。在他重返街头前,我需要做好万全的准备。于是一天早晨,我填好了治疗中心的兽医给我的免费绝育手术申请表。出乎我的意料,表格寄出几天后就有了回复,信里还附了一张免费进行绝育手术的证明。

第二天早晨,我又带Bob出门大小便。我给他买的猫砂盆依旧如新,他就是不喜欢用。

他冲向隔壁那栋楼旁灌木丛中的老地方——不知道为什么,他看起来很喜欢那里。我猜他是在标记自己的势力范围,我曾看过一篇科普文章,文章里说猫都喜欢这么做。

与往常一样,他在那儿待了一两分钟,然后自己打扫干净"战场"。猫科动物的干净和整洁总是令我着迷。为什么它们要坚持这么做呢?

一切收拾妥当后，他开始向外走。突然他停住了，肌肉绷紧，似乎是看到了什么东西。我正要去看看是怎么回事儿时，他开始行动了。

他以闪电般的速度弓着身子冲了出去。电光石火间，我还没反应过来，Bob就已经在树篱附近的草丛里抓住了什么东西。我凑过去一看，是只灰色的小耗子，身长不超过8厘米。

那个小家伙还在拼命挣扎，但它根本没有逃生的可能。Bob的出击又快又准，眼下这可怜的家伙已经被他叼在了嘴里。这真是美丽而惊心的一幕。老鼠还在不停扭动着腿，Bob则小心地用牙齿调整了老鼠在嘴里的位置，以便找到合适的角度结束它的生命。没过多久，老鼠便停止了挣扎。这时Bob才松开嘴，把它放到地上。

我知道接下来他要干什么，但我不想让他吃掉老鼠——老鼠身上的致病细菌多得吓人。于是我蹲下来，试图捡起他的猎物。Bob对此显得不太高兴，他发出了一阵低低的嘶吼，又把老鼠叼了起来。

"把它给我，Bob，"我拒绝妥协，"给我。"

他很不情愿地看了我一眼，好像在说："我为什么要给？"

我在外套里寻摸了一番，找到了一块点心。我把点心递给他："吃这个，Bob。这个更适合你。"

犹豫了一会儿，他让步了。当他一离开那只老鼠，

我就马上抓起老鼠的尾巴，把它扔掉了。

这提醒了我，无论猫看起来有多可爱，它们都是天生的捕食者。很多人都不愿意想起他们饲养的可爱小猫是一个残忍的杀手，但猫确实一有机会就会这么做。一些国家，比如澳大利亚，就严格规定猫只能在晚上被放出门，因为它们会残杀当地的鸟类和啮齿类动物。

Bob已经证明了这一点。作为一个杀手，他的冷静表现、速度和捕杀技能都非常惊人。他完全清楚自己要做什么，以及如何去做。

这又一次引发了我的思考，在来到公寓楼遇到我之前，Bob是怎么生活的呢？他住在哪儿，又靠什么为生？是不是每天都像这样追捕猎物吃？他是家养的还是在野外靠山吃山、靠水吃水？他是如何变成今天这样的？这真的很有意思。我确信我的这位街头朋友身上有很多故事。

在许多方面，Bob和我都有相似之处。

自从我流落街头艰难谋生，人们就开始对我的过往倍感兴趣。他们会问，你到底是如何沦落至此的，当然，有些人询问得很专业。和我交谈过的社工、心理学家和警察有数十人，他们给我做测试，想知道我为什么会变成这样。当然，也有普通人这样问我。

我不知道为什么，但是人们总是想知道像我这样的人是如何堕落至此的。我觉得这有一部分原因是"若非上帝眷顾，我亦如此"，每个人都有堕落的可能。但我敢肯定，我的故事会让他们对自己生活的感觉好很多。他们会想："好吧，我可能会觉得自己的生活很糟糕，但是还有更糟糕的。至少，我还没像那个可怜的家伙一样。"

有很多人像我这样流落街头，原因多种多样，但往往都有很多相似点。毒品和酒精通常是这类故事的重要组成部分。但是在大量糟糕的例证中，致使他们流浪街头的最终原因可以一直追溯到他们的孩童时期和家庭关系上。这些也确实都在我身上有所体现。

我的童年可以说是居无定所，因为我一直奔波在英国和澳大利亚之间。我出生在英国的萨里，在3岁的时候搬到了墨尔本。那时我的父母离婚了，父亲留在萨里，母亲则彻底抛开了家中的不快，在墨尔本的兰克施乐公司（Rank Xerox）找到了一份销售工作，那是一家大型复印公司。她在那里干得很出色，是公司里最顶尖的女销售员之一。

但是，我的妈妈喜欢四处旅行，两年内我们从墨尔本搬到了澳大利亚西部，在那里住了三四年，一直到我9岁左右才离开。在澳大利亚的时光非常美好。我们住在一排单层的大房子里，每一户后面都有个大花园。我有着一个小男孩梦想的足够广阔的活动空间，可以做游戏并探索这个世界，我喜欢澳大利亚的风景。但问题是，我在这里没有任何朋友。

我感到自己难以融入学校,我想这是因为我们总是不停地搬家。当我9岁的时候,在澳大利亚安定下来的机会彻底泡汤了,我们搬回了英国霍舍姆附近的苏塞克斯郡。我很高兴重回英格兰,对那段时间也有着美好的回忆。但是,当我正要重新适应北半球生活的时候,我们又搬家了——12岁那年,我们又回到了澳大利亚西部。

我们定居在一个名为奎因岩的地方。我想,我身上的很多问题就是那时开始萌发的。在这些漂泊的日子里,我们从来没有在一个地方长时间居住过。我的母亲一直在买房子和卖房子,一直在搬家。我从来没有家的感觉,也从来没有在一个地方待过很长时间。当时,我们就像流浪的吉卜赛人一样。

我不是心理学家,但这些年也着实见过了不少心理学家,与他们分享我的经历,所以对心理知识有了一些了解。毋庸置疑,我们搬家的频率太高,这对成长中的孩子来说不是一件好事。这使得我很难融入群体。在学校里很难交朋友,因为我总是过于努力表现自己。我急于给别人留下深刻的印象,当我还是个孩子时,这并不是一件好事。它会带来相反的结果:在我就读过的每所学校里,我最终都会被人欺负。在奎因岩时,这种情况尤其恶劣。

我的英国口音和讨好别人的态度总让自己很显眼,容易成为别人攻击的靶子。有一天,大家决定用石头砸我。从字面上就能看出,这里之所以叫奎因岩是有缘由的。在当地,目光所及之处,到处都是非常优质的大块石灰石。这些东西很适合用来砸像我这样的小孩。在放学回家的路上,我被人追着用石块砸,造成了脑震荡。

当时,我和继父尼克的关系一点儿也不融洽,这也让我的情况毫无改善。在当时的我看来,他是个十足的蠢货,我称他为"蠢货尼克"。我妈妈是在霍舍姆做志愿警察时认识他的,之后他便跟着我们搬到了澳大利亚。

在我十岁多的时候,我们始终居无定所。这通常跟妈妈的商业冒险息息相关。她曾是个非常成功的女性。在一段时间里,她做电话推销的培训视频,赚了不少钱。之后,她又创办了女性杂志《都市女性》(City Woman),赔了不少钱。有时候,我们有很多钱,但有时候,我们又一贫如洗。不过贫穷的时间都不长,她确实是个很好的商人。

15岁左右时,我实在厌恶在学校里一直受人欺负,于是辍学了。当时我也不想和尼克好好相处。而且,那时我很有主意。

我变成了一个小混混,总是很晚才回家,跟妈妈对着干,藐视任何权威,丝毫不考虑后果。很快我就学会了一身惹麻烦的本事,这一点到现在也没完全改掉。

可以预见的是，我染上了毒瘾。最初，我吸胶毒，当时可能是想逃避现实吧。我没有真的上瘾，只是看其他孩子在吸，于是自己试过几次。但吸毒就是这样开始的。我从麻醉药物和甲苯吸起，这是一种指甲油和胶水里常见的工业溶剂。事情都是有关联的，每件事都是导致整体变化的一部分因素，一件事会引发另一件事，环环相扣。我那时总是很生气，觉得自己没有发生最有效的改观。

人们总说"7岁看老"。我不确定当我7岁的时候，你们就能够预见我的未来，但是你肯定已经能猜到，当我17岁的时候，我的未来会是什么样子。我走上了一条自我毁灭的道路。

妈妈尽了最大努力帮我戒除毒瘾。她意识到了我的所作所为将会带来的后果，如果不能及时摆脱这个坏习惯，我会陷入更糟糕的情况中。她做了所有母亲都会做的事。她检查我的口袋，试图从中找到毒品，甚至有几次把我锁在卧室里。但是家里的锁中间都有锁钮，我很快就学会了用发卡开锁。锁一弹开，我就自由了。她管不住我，任何人都管不住我。我们的争执越来越多，我惹的事也越来越大。妈妈甚至带我去看过精神科医生。他们诊断我患有精神分裂症、躁狂抑郁症、注意力欠缺多动症等。当然，我觉得这些都是胡说八道。我只是一个堕落的青少年，觉得自己比任何人都要高明。现在看来，妈妈那时一定非常为我担心。她觉得无能为力，不知道我会出什么事。但我丝毫不关心其他人的感受，听不进任何意见。

有段时间我们的关系异常恶劣，于是我搬去了教会慈善机构提供的宿舍。我住在那里也是混日子，嗑点儿药，弹弹吉他。当然，也不一定遵从这个顺序。

18岁生日时，我要求回到伦敦，跟同父异母的姐姐住在一起。她的母亲是我父亲的上一任妻子。从那时开始，我的一切都在走下坡路。

那时，我看起来就像其他将要步入社会的普通青少年一样。妈妈开车送我到机场，我在红灯处跳下车，在她脸颊上轻吻一下，然后挥手再见。我们都以为我只会去6个月左右。原本是这样计划的：我会在英国待6个月，与姐姐一起生活，同时追寻自己伟大的音乐家之梦。但是，计划没有变化快。

起初，我住在伦敦南部的姐姐家。我的姐夫对此没什么好脸色。正如我所说，那时的我是个打扮成哥特风格的叛逆少年，可以说非常招人讨厌，而且不能帮家里分担账单。

在澳大利亚的时候，我曾在IT公司卖手机，但回到英国后却找不到一份体面的工作。一开始，我找到了一份酒保的工作。但我的相貌不达标，他们用我填补了1997年圣诞节人手紧缺的空当后，就解雇了我。雪上加霜的是，他们给失业救济办公室写了封信，说我是主动辞职的，这就意味着，我虽然出生在英格兰，却无法拿到自己应得的救济款。

之后,我在姐夫的房子里就变得更不受欢迎了。最终,我的姐姐和姐夫把我赶出了家门。我不得不联系我的父亲,并且去看望了他几次,但很明显,我们过不到一块儿。我们几乎不了解对方,所以根本没办法住在一起。我开始睡在朋友家的地板上或沙发上,活得像个流浪汉,拖着睡袋从这一家睡到那一家。直到后来没法再住在朋友家,只能搬到了大街上。

从这时起,我的处境一落千丈。

睡在伦敦大街上让人失去了一切,包括你的尊严、你的身份,真的。最糟糕的是,它还剥夺了人们对你的看法。人们一旦发现你睡在大街上,就不会把你当人看待。没有人愿意和你扯上关系。很快,你在这个世界上就连一个朋友都没有了。我曾经找到了一份厨房搬运工的工作,但是当他们发现我无家可归之后,就解雇了我,即使我在工作上什么都没有做错。当你沦落街头时,真的找不到任何翻身的机会。

当时唯一可能拯救我自己的办法就是回到澳大利亚。我有一张返程机票,但是在航班起飞的前两周,我弄丢了护照。我没有任何纸质证件,也没有钱去办一个新的护照。回到澳大利亚的所有希望都破灭了,在某种程度上，我自己的希望也破灭了。

在接下来的一段时期内，我的生活被酒精、轻度犯罪和无望所笼罩，更绝望的是，我开始吸食海洛因了。

我一开始吸食它只是为了在街上睡个好觉。它可以让我变得飘飘欲仙，感受不到寒冷和孤独。但不幸的是，它也牢牢掌控了我的精神。到1998年时，我已经完全依赖海洛因了。有好几次我差一点儿在不知不觉中死掉，但说实话，我没有办法摆脱它。

在那段时间里，我从未想过跟家人联系。我从人间蒸发了，但我自己并不在意，因为我当时只顾着挣扎活命。现在回头去看，我能想象到他们那时肯定也很不放心、担惊受怕。

来到伦敦一年后，也就是流浪街头大约9个月的时候，我开始意识到自己的消失引起了家人怎样的担忧。

我已经很久没和父亲通电话了，上次通话还是我刚到伦敦的时候。圣诞节到了，我打算给他打个电话。他的妻子，也就是我的继母接了电话。父亲拒绝接听，我拿着听筒等了好几分钟，而他在那边怒不可遏地发脾气。

"你到哪儿去了？知不知道我们有多担心！"他终于平复了心情，拿起听筒对我吼道。

我可怜巴巴地解释了一番，但他依然冲我怒吼。

他告诉我，妈妈为了得知我的下落，绝望到给他打电话。这说明她真的非常担心，要知道他们俩几乎不讲话。他吼了我足足5分钟。我现在明白了，他只是在发泄自己愤怒担心的情绪。他可能认为我已经死了，在某种程度上，我确实快死了。

这样的日子又过了一年，最后我被一家救助无家可归者的慈善机构收留了，开始住在不同的收容所里。其中有一家名叫"连接"的收容所，就在圣马丁街上，有段时间我就在附近的市场里露宿。

我在弱势人群居住清单上做了登记，这使我有资格优先获得庇护住所。但问题是，在接下来最美好的十年时光里，我都住在可怕的青年旅社、提供早餐的民宿和各种各样的房子里，跟瘾君子住在一个屋檐下。他们偷走了我所有的东西，我只能在睡觉的时候把最重要的东西藏在衣服下面。当时生存是我唯一考虑的事情。

那时我快30岁了，毒瘾变得越来越严重，以至于不得不接受戒毒康复治疗。我花了几个月努力走上正轨，接受药物康复治疗。有那么一阵子，每天去药房、隔周坐车去卡姆登的戒毒治疗中心变成了我生活的主要内容。这几乎是条件反射性的动作。每天精神恍惚地起床出门,做完一件事再做另一件事,一切都是昏昏沉沉的,老实说,我那时经常有这种感受。

我也接受了心理辅导,不断向心理医生谈及自己的习惯、如何染上毒瘾,以及准备怎么戒掉。

给药物依赖找个借口非常容易,但我知道自己染上毒瘾是因为孤独,就这么简单而纯粹。我总是孤身一人,而海洛因有麻醉效果,能让我忘记自己没有家人和朋友。在别人眼中,我孤身一人、古怪难测,海洛因就是我的朋友。

但是在内心深处,我知道只要再吸几年,这玩意儿就会要我的命。我逐渐用美沙酮代替海洛因,这是一种人工制造的专业药物,效果类似鸦片,常常在戒毒治疗中替代吗啡和海洛因。在2007年春天,我的戒毒疗程进入最后阶段,我已经可以从毒瘾中走出来了。

在这个过程中,我最关键的一步就是搬到位于托特纳姆的公寓。这是一栋普通的公寓楼,里面住的都是普通人,这让我有机会使自己的生活重回正轨。

为了付房租,我开始在科芬公园卖艺。尽管收入微薄,但是能够糊口,并可以付房租和水电费。与此同时,它也能帮我保持平静。我知道,这是命运的转折点,我必须把握住。如果我是一只猫的话,现在就处在自己的第九条命上。

Chapter 3
小手术

第二周的疗程结束后,Bob的气色看起来好了很多。他后腿的伤口愈合得很好,同时身上的秃斑逐渐消失,长出了厚厚的新毛发。他的表情看起来也更高兴了,眼睛里闪烁着光芒。那是一道美丽的、黄绿色的光,这是此前没有出现过的。

Bob在屋子里闹来闹去也证明他确实感觉好多了。从第一天开始,他就绕着各种东西跑来跑去,像一个回旋舞者,但在之后的一个星期,他越发变成了一个能量充沛的毛球。有很多次,他都像疯子一样上蹿下跳,疯狂地抓挠着他能找到的每一样东西,包括我。

公寓里的所有木质物体表面都布满抓痕,我的手背和胳膊上也有不少。但我并不介意,他没有恶意,只是在玩耍而已。

他已经成为厨房里的一个"巨大威胁"了,橱柜和冰箱门上满是他试图开门偷吃食物的抓痕，因此我不得不买了几个便宜的塑料儿童锁来保护我的食物。

我还要时刻注意别随手乱放任何东西，因为它们都可能被他拿去玩耍。一双鞋或一件衣服会在几分钟内被他撕成碎片。

Bob的所有行为都预示着有一件事应该被提上日程了。我见过很多猫，所以能清晰地看出这种征兆。他是雄性，还很年轻，体内的雄性激素分泌过于旺盛。在我看来，一定要给他做绝育手术。所以在他结束服药的前几天，我决定给达尔斯顿路上的一家教会兽医诊所打个电话。

我知道让他保持"完整"的利与弊，而弊远大于利。如果我不让他做绝育手术，他体内的荷尔蒙就会完全控制他。他很可能会无法控制地跑出去，在街巷里徘徊寻找母猫，一下子失踪几天或者几周；更可能被车子碾过，或跟别的动物打斗。据我分析，这可能就是他之前打斗受伤的原因。公猫的领地意识很强，会在自己的"片区"留下特殊气味作为标示。Bob可能会误入别人的领地，并为此付出代价。此外，我知道这可能是我个人的胡思乱想——虽然可能性微乎其微，但如果不做绝育，他有感染猫白血病（FeLV）和猫艾滋病（FIV）的风险，后者与人类感染艾滋病的情况类似。而且我还有一点考虑，如果他要留在我身边，就应该更冷静、更平和，而不是总像个疯子似的四处乱跑。

相反，不做手术的好处屈指可数。他可以免于一场小小的手术，再无其他。

这样就很容易下决心了。

我给兽医诊所打了电话，接听的是一位女护士。我向她解释了我的情况，询问Bob是否可以做免费的绝育手术。她回答可以，并建议我提供之前兽医治疗Bob的腿伤后给我们开的证明。

我现在唯一担心的是，Bob还在吃药。我向护士解释了Bob还在服用抗生素的疗程之中，但很快就要结束了。护士说没有关系，建议我预约两天后的手术。

"手术那天早晨把他带来交给我们就可以了。如果一切顺利，你晚上就可以把他接走。"她说。

手术当天，我早早就起床了，我们必须在上午10点赶到手术室。这是继上次防止虐待动物协会治疗中心之旅后，我们首次一起出远门。

平时除了在楼下方便，我从未让Bob出过门，因为他还在进行抗生素治疗。我把Bob放进那个绿色塑料回收箱里，就是半个月前去防止虐待动物协会治疗中心时曾装过他的箱子。那天的天气非常糟糕，因此在出门的时候我轻轻盖上了盖子。出门后，我把盖子打开了一点儿以便通风。跟第一次被放进去时一样，他还是不喜欢待在箱子里，始终都把脑袋伸出来看着周围的世界。

达尔斯顿路上商铺林立，教会诊所不大，就挤在一个报摊和一家医疗保健中心之间。我们到诊所时比预定的手术时间提前了很多。诊所里挤满了人，乱糟糟的，狗狗们拼命想挣脱主人手里的链子，冲着笼子里的猫狂吠。装在绿色箱子里的Bob很引人注目，立即就成了攻击的靶子。和上次一样，这里也有几只牛头梗，它们的主人也是一副穴居人的样子。

我敢肯定，如果换作别的猫，肯定会被这种场面吓得冲出笼门。但是Bob完全处变不惊，似乎对我充满了信任。

一位年轻护士第二十多次出现在候诊室时，终于叫到了我的名字。她拿着一些文件，把我带到房间里，问了一些流程化的常规问题。

"手术一旦实施，结果将是不可逆的。"她提醒我说，"你确定今后不会想给Bob配种吗？"

我笑着点头。

"是的，我非常确定。"我边答边摸了摸Bob的头。

但她接下来的问题把我难住了。

"Bob多大了？"她微笑着问。

"呃，我不是很清楚。"我坦然道，并给她简单地讲了讲Bob的故事。

"嗯，让我们来看看。"护士告诉我，Bob还没有绝育，这一点可以帮我们从大致上判断出他的年龄。

"公猫和母猫基本在6个月左右发育成熟。如果没有做绝育手术，它们发育成熟之后会在外形上发生一

些变化。比如，公猫的脸会更圆润，特别是脸颊两侧。它们的毛发会变厚，通常个头儿也会变大，要比做过手术的猫体形更魁梧，"她解释道，"Bob的个头儿并不大，因此我猜他也许只有9~10个月大。"

她在把表递给我填的时候说，手术会有一些引发并发症的小风险，但这种情况发生的概率很低。"在手术之前我们会给他做一次彻底的检查，也许还会做血检。"她说，"如果有问题的话，我们会跟你联系。"

"好的。"我回答的同时感到一丝尴尬。我没有手机，因此他们很难联系上我。

她还向我解释了一下手术的整个过程："手术会采用全身麻醉，过程通常很简单。我们会在阴囊上切两个小口，从中把睾丸整体摘除。"

"哎哟，Bob，这可真疼啊。"我伸手逗了逗他。

"如果一切顺利，你可以在六小时后接走Bob，"她边说边低头看了一眼手表，"也就是在下午四点半左右，行吗？"

"可以，没问题。"我点头，"一会儿见。"

在最后抱了一下Bob后，我回到了阴沉沉的大街上。天阴得更厉害了，像是要下雨的样子。

我来不及像往常一样去伦敦市中心卖艺了，因为到那里后唱不了几首歌就得再返回来接Bob。所以我决定在最近的地铁站——多斯顿王领地站——附近碰碰运气。在这里的生意并不是特别好，但还是能让我在等Bob的时候，挣几个子儿打发时间。地铁站旁有一家修鞋店，鞋匠人很好，如果下雨了，我还可以在那里躲雨。

弹吉他的时候，我努力不去想Bob。我不愿去想他在手术台上的样子。他本可以一辈子在街上过自己的生活，遇到其他各式各样的麻烦。我以前听说过很多小猫小狗去做这个小手术，但是再也没能出来的故事。我试图让自己不去往这些坏的方面想，但无济于事，这些想法就像一大朵乌云一样依旧笼罩在我的头顶上。

时间过得非常非常慢。终于熬到了下午四点一刻，我开始收拾东西。距诊所最后几百米的那段距离，我几乎是跑过去的。

我上午见到的那个护士坐在接待台前，正在和同事说话，看到我进来，她冲我微笑了一下。

"他怎么样了？手术进行得顺利吗？"我喘着粗气问她。

她说："他非常好，别担心。先喘口气儿，我带你过去。"

这很奇怪。我已经很多年都没有关心过其他人或其他东西了。

我走过手术区，看见Bob趴在一个漂亮而温暖的笼子里。

"你好，Bob伙计，感觉怎么样？"

他仍然处在麻醉后劲中，反应迟钝、昏昏欲睡，

没有一下子认出我来。但是过了一会儿认出我后，他立即坐起来，开始用爪子拍笼子的门，似乎在说："快让我出去。"

当我在出院手续上签下名字的时候，这位护士在给Bob做最后的检查，以确定他能够出院。

她很可爱且乐于助人，将我之前带Bob看兽医的不快一扫而空。她给我看了看Bob身上的切口。"这几天刀口都会有一点儿肿痛，这是正常现象，"她说，"只要时不时查看一下，确定没有化脓之类的问题就可以。如果你发现有什么不对劲的地方，可以给我们打电话，或者把他带来让我们检查。但是我肯定他不会有事。"

"他这种昏昏沉沉的状态还要持续多久？"我问道。

"可能会持续几天，之后他就会恢复双眼炯炯有神、尾巴自如摆动的状态了。不过'因猫而异'，有些猫马上就能恢复活力，有些猫则要蔫上好几天。但是正常情况下，它们会在48小时内恢复精神。"

她又说道："他明天可能不太想吃东西，但是很快就会恢复胃口。如果他显得非常困倦疲惫，记得给我们打电话或带他过来检查。虽然这种情况不常见，但有些猫会出现手术感染。"

就在我拿出回收箱，准备把Bob放进去的时候，护士拦住了我。

"稍等一下，"她说，"我想我们有个更好的东西来装他。"

她走开了几分钟，回来时拿着一个可爱的天蓝色便携箱。

"噢，那不是我的。"我说。

"别担心，没关系的。我们有很多多余的笼子，你可以把这个拿走，下次路过的时候再还回来就行。"她向我保证说。

"真的吗？"

我不知道这个便携箱是怎么出现在这里的。可能是谁落下的，也可能是谁用它带着小猫来看病，但是回去时发现已经不需要它了。我不想考虑太多。

很明显，手术耗费了Bob的大量精力。回去的路上他一直趴着，看上去半睡半醒。我们一进家门，他就慢慢走到自己最喜欢的暖气旁边躺下，整整一晚都睡在那里。

为了确保Bob一切都好，第二天我没出去卖艺。在手术后的24～48小时，应该有人看着他，以确保没有任何不良反应。我特别关注他一直困倦的表现，这不是个好兆头。已经快到周末了，我知道这是卖艺的好时候，而且我确实需要钱。但如果Bob出了问题，我绝不会原谅自己，因此我待在家里，24小时看着Bob。

幸运的是，他明显恢复得很好。第二天早晨，Bob精神了一些，吃了一点儿东西。正像护士所说的，他还没有完全恢复胃口，但他还是吃了半碗平时最喜欢的食物，这很令人鼓舞。他还在屋子里慢慢走了走，

虽然明显不像平时的状态。

接下来几天,他逐渐恢复了原状。手术后的第三天,他就像往常一样狼吞虎咽地吃东西了。虽然他依然会感觉到疼痛,偶尔抽搐一下或突然停住,但这已经不是大问题了。

我知道他有时还会表现得疯一点儿,但至少我已经做了自己力所能及的事,我为此感到高兴。

Chapter 4
无票乘车

两周的时间马上就要过去，我意识到自己应该考虑让Bob离开公寓，回到他原本所属的大街上去了。既然他从街上来，那么我猜他一定想回到原来的生活中去。

他恢复得不错，看起来比我最初遇到他时健康了不少，体重也增加了不少。

所以，当Bob结束药物治疗并完全从手术中恢复后，我带他下楼，穿过楼道，走出大门，给他指街道的方向。

Bob定定地站在那里，爪子一动不动，有些困惑地看着我，好像在说："你想让我做什么？"

"去，快去，去吧。"我边说边往外面挥着手。

但他毫无反应。

我在那里站了好一会儿，像是在和他进行一场互瞪比赛。他忽然转身，没有朝街道的方向，而是慢慢走向平时方便的地方，上完厕所后挖了个洞，掩埋好再填平，然后又朝我溜达过来。

这一次，他的表情好像在说："好了，我照你说的做了。现在该干吗？"

此时，我的脑海中有一个想法渐渐清晰了起来。

"我想你愿意和我一起生活。"我说。

从感情上讲，我很高兴，因为我很享受Bob的陪伴，他真的是一个好伙伴。但是理智又告诉我不能那么做。我连养活自己都很困难，还在戒毒的过程之中，未来的生活有很多不确定性。我要怎么样才能养活一只猫呢，即便Bob是一只聪慧又自立的猫也是一样。这对我们俩来说都不公平。

因此，我忍痛决定白天出门的时候逐步放松对他的限制。早晨出门工作的时候，我不会再把他留在家里。我要把他带出家门，然后放在室外花园里。

"狠心的爱。"我这样对自己说。

但Bob一点儿也不喜欢这样。

我第一次这么做时，他对我投以厌恶的一瞥，好像在说："背信弃义。"当我背着吉他走远后，他会在后面悄悄跟着，像某些特工一样走"之"字形路线，试图不被我发现。但他那独特的姜黄色皮毛不停地摆动着、摇曳着，看起来很是显眼。

每次看见他后，我都会停下来，夸张地朝他挥手

臂。Bob则投给我一记凝视叛徒的眼神，不情愿地慢慢晃到一边去。最后他终于明白了我的意思，消失不见了。

大约六小时后，当我回家时，他正坐在公寓楼的大门口等我。一方面，我不想让他进家门；另一方面，我又很想邀请他上楼，让他再次蜷缩在我腿边。

就这样过了几天，我们的生活慢慢形成了规律。

每天早上，我把他放在外面。当我晚上卖艺回来时，他都蹲在大门口等我，如果有人放他进去，就蹲在我房间门口的垫子上。很明显，他不想离开。

我不得不使出最后一招——把他整晚都留在外面。我第一次这么做的时候，看见他正潜伏在垃圾箱附近。于是我试图趁他不注意偷偷溜进大楼。这真是很愚蠢，他是一只猫，他的一根胡须能感知到的东西比我整个身体的感知总和都要多。当我打开公寓楼门的时候，他就已经在那儿了，并且瞬间挤了进来。当晚，我把他留在大厅里，但是第二天早晨开门时却发现他在我门口的垫子上。接下来几天，我们重复上演着这样的戏码。

每天我出门，他就在楼道里溜达或是在大门口等着。而到了晚上，他总能找到钻进大楼的办法。最终，他决定要赢得这场较量。于是接下来，我有了另一个麻烦——Bob又开始跟踪我上街了。

第一次，他一直跟着我来到了主干道上，但被我赶了回去。第二次,他尾随我走到了距离公共汽车站只有90米的地方,我每次都在这个车站乘车前往科芬公园。

我一方面佩服他的决心和毅力,另一方面又在心里咒骂他,因为我实在甩不掉他了。

日复一日,他走得越来越远,胆子也变得越来越大。有时我会想,等我走掉后他会不会继续这样走下去,找到别的地方生活。但每天晚上回到家,他都已经在那儿了——等着我。我知道,我最终必须放弃一些东西,而我也确实这样做了。

一天,我像往常一样出门工作,背起黑色镶红边的原声吉他和帆布背包走下楼梯。

Bob坐在一条小巷里,我和他打了个招呼。他开始跟着我,而我像往常一样赶他走。

"待在这里,你不能跟过来。"我说。

这次他好像听懂了我的话,于是偷偷溜走了。我一路走去,不时回头看看他有没有跟过来,但都没看见他。"或许他终于想明白了。"我对自己这样说。

为了乘车去科芬公园,我必须穿越托特纳姆高速公路,这是伦敦北部最繁忙、最危险的高速公路之一。这天早晨也和往常一样,汽车、卡车、摩托车挤在一

起，在拥挤的车流中快速钻来钻去。

我站在人行道上，试图找个空当穿过去，赶上已经在百米之外的车流中隐约可见的公共汽车。这时，我感到有人——或有东西——在我腿边摩擦。我低头看了看，发现一个熟悉的身影出现在脚边。吓我一跳，那正是Bob，他也试图穿过高速公路。

"你在这里做什么？"我对他说。

他不屑地瞥了我一眼，似乎我刚刚问了一个非常愚蠢的问题。接着他再次看向公路，往路边靠了靠，一副马上就要冲出去的样子。

我不能让他冒险，这几乎形同自杀。所以我抱起他，把他放在肩膀上，我知道他喜欢坐在那儿。当我在车流中努力躲避、穿过高速公路的时候，他就在我脑袋边坐着。

"好了，Bob，已经够远了。"我边说边把他放在人行道上，再次赶他离开。

他转身慢慢走下了高速公路，消失在人群里。或许这是我最后一次看到他，我在心里想道。这次，他实在离家太远了。

过了一会儿，公共汽车到站停下。这是一辆老式的红色双层公共汽车，你可以从后面跳上来。我朝车尾走去，准备在最后一排坐下来。但是在把吉他箱子放在售票员旁边的行李架上时，我看见一道姜黄色的光在我身后突然闪了一下。我还没反应过来，Bob就已经跳上车,"扑通"一声坐在了我旁边的椅子上。

我大吃一惊,这一次我终于意识到不可能甩掉他了。但同时我还意识到了另一件事。

我朝 Bob 拍拍膝盖,他马上跳了上来。没过一会儿,售票员来了。她是一位开朗的来自西印度群岛的女士。这位女士先冲着 Bob 笑笑,再冲我笑笑。

"这是你的猫吗?"她边问边抚摸着 Bob。

"我想他肯定是我的。"我答道。

Chapter 5
注目的中心

接下来的45分钟，Bob一直安静地坐在我身边，脸贴着车窗玻璃，看着外面。他似乎对穿梭而过的所有汽车、骑自行车的人、货车和行人都很感兴趣，一点儿也不害怕。

他唯一一次离开车窗看着我寻求安慰，是因为一辆消防车或救护车距离过近，尖锐的警笛声让他感到不舒服。这使我不禁再次好奇起他先前的生活。如果他一直生活在街上，那么他应该早就熟悉这样的噪声了。

"不用担心，"我轻柔地摸摸他的后颈，"伦敦市中心就是这样，Bob。你最好适应它。"

这种感觉很奇怪，我明明知道他是一只随时会跑掉的流浪猫，却有着强烈的感觉，好像他注定会留在我的生命中一样。不知为何，我觉得这不会是我们最后一次一起出行。

🐾

我们要在托特纳姆法院路附近的公共汽车站下车。当车站渐渐出现在视野里时，我背起吉他、抱起Bob向车门走去。下车后，我在衣服口袋里寻摸半天，找到了一条用鞋带做的绳子，这是我昨晚带他下楼方便时用过的，之后就顺手放在了口袋里。

我将它套在Bob的脖子上，放他下来。我可不想和他走散。这里是托特纳姆法院路和新牛津街的交汇路口，喧喧嚷嚷，满是顾客、旅客和打发时间的普通伦敦市民。他有可能第二次走失——甚至更糟，被某辆驶往牛津街或从牛津街呼啸而来的公共汽车或黑色出租车撞倒。

Bob有一点儿害怕，这可以理解。我猜测是因为这块领地对他来说并不熟悉——当然，这只是我的猜测。前进过程中，我只能从他绷紧的身体和不时看我一下的小动作中看出他的不安。因此我决定从后面抄一条常走的小路前往科芬公园。

"来吧，Bob，我们离开人群。"我说。

尽管如此，他也不太高兴。在人群中穿梭时，他看我的眼神似乎是对此有所怀疑。走了一会儿之后，我能感觉到他想让我抱着他。

"好吧,但是不要养成习惯了。"我边说边抱起他放在肩膀上,就像在穿越托特纳姆高速公路时一样。他很快摆出了一个舒服的姿势,在我的右肩胛骨上找好一个角度,把前爪搭在我的肩头,就像站在海盗船上的瞭望台里一样往外看。我心中觉得好笑,觉得自己看起来一定像《金银岛》(*Treasure Island*)中的海盗"高个子约翰·西尔弗"(Long John Silver),只不过我带着的是一只猫,而不是一只鹦鹉。

他明显觉得那个位置很舒服。去往科芬公园的路上要穿过新牛津街,当我们走到一条更窄的路上时,我能感觉到他轻轻发出的"呼噜"声。

路上的人流渐渐稀少,过了一会儿,我开始忘记Bob的存在了。相反,我开始思考往常去工作的路上都要考虑的问题:今天的天气是不是适合我在那儿卖艺5小时?也许吧。虽然是阴天,但云彩颜色很白,飘得很高,下雨的概率不大。科芬公园里现在都有些什么样的人?嗯,临近复活节了,所以大概都是游客。多长时间才能挣到二三十英镑?我需要这些钱让自己——现在还有Bob——度过接下来几天的生活。好吧,前一天我花了5小时才挣到这些钱。今天也许会好一些,也许不会。卖艺就是这样,你永远猜不中结果。

我仔细考虑着这些问题时,突然间意识到了什么。在平时,没有人会特别关注我,甚至没人会瞧我一眼。我只是一个街头艺人，而这是伦敦。我就像根本不存在一样。对人们来说，我是一个他们避之不及的人。但是那天下午，当我沿着尼尔街走过时，几乎每个擦肩而过的人都在看我。好吧，更准确地说，他们在看Bob。

个别人脸上带着既鄙夷又疑惑的表情。这很好理解。一个高个子、长头发的小子，肩膀上坐着一只胖胖的姜黄色大猫，看上去确实显得有些怪异。这可不是你每天都能见到的景象——就算是在伦敦大街上也不常见。

但是大多数人的反应都很友好。他们看到Bob时，都会报以灿烂的笑容。没过多久，人们就开始拦住我们了。

一位衣着光鲜、手上满满当当都是购物袋的中年女士说："啊，看看你们俩。他真漂亮，我能摸摸他吗？"

"当然。"我答道，觉得这只是一次偶然事件。

她砰的一声放下袋子，把脸贴到Bob脸上。

"真是个可爱的小家伙，不是吗？"她说："他是个男孩子吧。"

"是的。"我回答。

"他会一直像那样坐在你肩上吗？这可不常见，他一定非常信任你。"

我还没来得及跟这位女士说声"再见"，就被两个

年轻女孩围住了。她们是前来度假的瑞典学生，看到那位中年女士过来问长问短，于是也来凑热闹。

她们问："他叫什么名字？我们能给他拍张照片吗？"我刚一点头，她们就用相机抓拍了起来。

"他叫Bob。"我答道。

"啊，Bob，太酷了。"

我们闲聊了一两分钟。其中一个女孩自己也养猫，还给我看了一张小猫的照片。几分钟后，我礼貌地告辞了，否则她们可能要在这里围上几小时来表达对Bob的喜爱。

我们继续朝尼尔街的尽头走去，那是通往长亩街的方向。但是我们走得很慢。我几乎寸步难行，不停地被人们拦住搭讪，每走三步就要停一下。人们总是想摸摸Bob，或跟他说说话。

新鲜感迅速褪去，我开始意识到以这样的速度我哪儿也去不了。通常情况下，我从公共汽车站到卖艺的地方只需要10分钟左右，但目前为止我已经花了差不多两倍的时间，因为每个人好像都要停下来和Bob说两句话。这听上去有点儿荒谬。

等我们抵达科芬公园时，已经比平常晚了一小时。

"太感谢你了，Bob，你已经让我损失了一些收入。"我半开玩笑地想着。

这是个很严肃的问题。如果他每天都让我走得这么慢，那我真的不能再让他跟着我上车了。但很快，我的想法发生了变化。

🐾

到这一天为止,我已经在科芬公园卖艺一年半了。我每天下午两三点钟开工,一直持续到晚上八点左右。这段时间是吸引目光的最佳时间,游客很多,普通人也大都在这个时候下班或结束采购。周末时我会早点儿来,一般在午饭时间开工。而在星期四、星期五和星期六,我会很晚才收工,因为这是人们辛勤工作一周后出来闲逛的时候,我想趁机多挣点儿钱。

我已经学会了一些寻找听众所需要的技巧。我的主要表演场地在科芬公园地铁站对面的詹姆斯街人行道上。一般会在这里唱到下午六点半,这时晚高峰的人流量最大。之后的几小时,我会到科芬公园附近的酒吧旁转转,经常有许多人站在酒吧外抽烟喝酒。夏天的时候,去酒吧附近是富有成效的,因为很多白领下班后会来喝杯酒、抽支烟,在夜色中放松自我。

但这也是有风险的。有些人不喜欢我靠近他们,会表现得很粗俗,甚至出口骂人,"滚开吧乞丐"或"懒鬼快找个工作吧",诸如此类。但是我已经习惯了,总会有这样的人。不过仍然有很多人乐于欣赏我弹奏的曲子,会扔些钱给我。

在詹姆斯街卖艺需要运气。因为从严格意义上来

讲，我不应该在这里卖艺。

自从很多流浪汉涌入科芬公园后，这里的地盘就被进行了精确划分。政府授权由非官方人士组成的地方委员会对这里进行管理，我们称那些人为"科芬公园卫兵"。

我的地盘在科芬公园东边，离皇家歌剧院和弓箭街不远。根据"卫兵"的规定，音乐家们只能在这里表演。广场的西边则是其他街头艺人表演的地方，杂耍艺人和其他表演者一般喜欢在"潘趣和朱迪"酒吧的露台下表演，那里常有捧场的观众。

而我所在的詹姆斯街是活体雕塑艺人的地盘，这里有好几位艺人，其中一位打扮成卓别林的艺人模仿得很不错，但他只是偶尔出现。通常这里没什么人，因此我自作主张，在这儿找了个表演的地方。虽然有被"卫兵"驱赶的风险，但我愿意冒险试试，这里通常收获颇丰。地铁站人流量非常大，哪怕只有千分之一的人给钱，我的收入也很可观。

下午三点，我终于到了自己的地盘。刚拐到詹姆斯街上，我们就被一位男子拦住了，从湿透的运动装来看，我觉得他像是一个刚从健身房出来的同性恋。

他逗了 Bob 好半天，问我——应该是在开玩笑——

能不能把Bob卖给他。

"不行,伙计,不卖的。"我礼貌地回答,以防他真的想买。从他身边走开后,我看着Bob摇头:"伦敦真是什么人都有啊,伙计,什么人都有。"

到了老地方后,我先在周围查看了一番,没有发现"卫兵"的影子。但有时地铁里的工作人员也会来找我的麻烦,因为他们知道我不该待在这儿。不过他们现在好像也不在。因此我把Bob放在墙边的人行道上,拉开吉他盒子的拉链,脱下夹克,准备调弦。

一般调弦需要10分钟,而等我开始唱歌后才会有人注意到我。

但是今天我甚至还没弹一个音符,人们就开始放慢脚步,朝我的吉他盒里扔硬币。"他们真大方。"我心想。

我还在悠闲地摆弄吉他,又有钱掉了下来。当时我正背对着人群,忽然听到了硬币相互撞击的清脆声音。一个男人的声音从我身后传来,他说:"这猫不错,伙计。"

我转过身,看到一个二十多岁、外表很普通的家伙朝我竖着大拇指,脸上带着微笑走开了。

我吃了一惊,接着发现Bob已经趴在空吉他盒子中间,把自己舒服地蜷成了一个球。我知道他非常有魅力,但他显然还有些别的本事。

我十几岁回到澳大利亚的时候，自学了吉他。别人会教我一些东西，然后我就努力以自己的方式掌握它们。十五六岁的时候，我有了自己的第一把吉他。我知道，我开始学吉他的年龄太晚了。我在墨尔本的典当行买了一把旧的电子吉他。虽然我也会弹一弹朋友的原声吉他，但还是更喜欢电子吉他。我喜欢吉米·亨德里克斯（Jimi Hendrix），觉得他的演奏简直不可思议，我想弹得像他一样好。

我为自己的街头表演选了一套很有特色的曲目，尽管这样演奏了好几年，但我依然乐在其中。科特·柯本（Kurt Cobain）是我心中的英雄，所以我的曲目里有一些涅槃乐队（Nirvana）的曲子。我也会弹鲍勃·迪伦（Bob Dylan）和约翰尼·卡什（Johnny Cash）的曲子，其中我演奏最多的是《伤害》（*Hurt*），这首曲子的原创是九寸钉乐队（Nine Inch Nails），后由约翰尼·卡什翻唱。他的翻唱是电子版，比较容易演奏。《黑衣人》（*The Man in Black*）也是一首卖座之曲，很适合在街头环境中演奏。这首歌某种意义上也很适合我，因为我通常也是穿着黑色衣服卖唱。我的曲目里最受喜爱的歌是绿洲乐队（Oasis）的《迷墙》（*Wonderwall*）。这首歌的演奏效果非常好，特别是当我晚上在酒吧外四处转悠演奏的时候。

我每天弹的曲子都差不多。大家喜欢听这些，游客也想听这些。一般我会用涅槃乐队的《关于一个女孩》(*About A Girl*)作为开场曲，把手指活动开。今天也是这样，而 Bob 坐在我前面看着地铁口来往的人群。

我只弹了几分钟，就有一群小孩停下了脚步。他们都穿着巴西足球队的队服，讲的话听上去像是葡萄牙语。他们中的一个小女孩弯下腰，摸了摸 Bob。

"啊，gato bonito（葡萄牙语）。"她说。

"她说你有一只好看的猫。"一个男孩翻译道。

这些孩子是来伦敦旅游的，看起来很是好奇。与此同时，其他人也纷纷停下脚步，想看看他们究竟在看什么。六七个巴西小孩和一些路人开始掏口袋，硬币像雨点一样落在吉他盒里。

"看起来你终究还是一个不错的伙伴，Bob。我会经常邀请你来的。"我笑着对 Bob 说。

我原本没打算让他跟着我，所以现在没什么可以给他吃的东西。帆布背包里只有半袋他喜欢吃的猫粮，我有时会喂他一点儿。看来他也像我一样，必须等到很晚才能吃上一顿像样的饭了。

随着天色逐渐转入傍晚，人们开始下班回家或者

去伦敦西区娱乐消遣,街上的行人多了起来,而越来越多的人都放慢脚步,看着Bob。显然,他有吸引人的魔力。

夜色开始降临时,一位中年妇女停下来与我攀谈了一会儿。

"你养他多长时间了?"她弯下腰来摸着Bob。

"哦,只有几周。"我说,"我们可以说是互相发现了彼此。"

"发现彼此?听起来很有趣。"

最初我心存怀疑,担心她是动物福利组织的人,会突然宣告我无权养猫。但后来,我发现她只是个爱猫的人。

我告诉她我们是如何遇见的,以及我是如何用半个月来照顾他直到康复的,她听到这些会心地笑了。

"我几年前也养过一只姜黄色的猫,跟这只很像。"她有些激动地说。一瞬间,我觉得她的眼泪几乎都要夺眶而出了。"你很幸运发现了他。它们是最好的伙伴,那么安静、那么温顺。你为自己找到了一个真心的朋友。"

"我想你说得很对。"我笑着说。

她放了5英镑在吉他盒里,然后离开了。

我意识到,Bob绝对是个"女性杀手",因为目前为止为他停下的路人中,有70%都是女性。

仅仅过了一小时,我就赚了25英镑多,这已经跟以前状态好的时候一整天的收入差不多了。

"战绩辉煌。"我对自己说。

但是我的内心有个声音说现在还不能收工,我应当继续。

关于Bob,我心里还是有点儿矛盾。尽管直觉告诉我,这只猫和我注定要在一起,但在很大程度上我仍然认为他最终会离开,去过自己的生活。这样才合情合理,他闯进我的生活晃荡一圈,最终还是会在某个时候离去。现在的这种情况是不会长久的。因此,只要继续有人放慢脚步来逗他,我都认为自己要充分利用这个机会,尽量趁热打铁,多挣一点儿。

我对自己说:"如果他想出门,觉得跟我玩很开心的话,那就太好了。而且,我还能多挣一点儿钱,这对我们来说都好。"

只是我现在挣得比"一点儿"要多得多。

我已经习惯了一天挣20英镑。这笔钱足够我过上好几天,还能支付水电费和房租。但是到晚上八点我结束表演的时候,很明显,我挣的钱超出了我的想象。

收拾好吉他之后,我花了5分钟清点硬币。大大小小面值的硬币堆积在一起,看起来足足有上百枚,其中还散落着一些纸币。

最后我终于算清了,着实吓了一跳。我总共挣了63.77英镑的"巨款"。对大部分在科芬公园散步的人来说,这些钱可能没多少,但是对我来说却是很大一

笔钱。

我把所有的硬币都装进背包，背在肩上。它像一个巨大的储蓄罐一样哗啦作响。像一吨那么重！但我心中是狂喜的。这是我在街头卖艺以来收入最高的一天，是以往的三倍。

我抱起Bob，摸着他的后颈。

"干得好，伙计。"我说，"这就是我所说的一个'好收成'。"

我决定今晚不再去酒吧附近溜达了。Bob饿了，我也饿了，我们要回家。

我朝托特纳姆法院路地铁站附近的公交车站走去，Bob再次坐在我肩膀上。我从不会粗鲁待人，但现在我决定绝对不再跟任何停下来冲我们笑的人说话。我不能，因为人太多了，而我想在午夜之前到家。

坐上回家的公共汽车后，我说："我们今晚要大吃一顿，Bob。"Bob再次把鼻子贴在车窗上，看着外面明亮的灯光和车水马龙。

我们在托特纳姆高速公路旁的车站下了车，附近有一家非常不错的印度餐厅。我从这里路过了很多次，对着美味的菜单流口水，但从来都没有足够的钱买里面的食物，只能去公寓附近的便宜小餐馆买东西吃。

我走了进去，点了一份咖喱鸡浇汁的柠檬米饭、一张印度烤饼和一块印度奶酪。当看见Bob跟在我旁边时，服务生冲我做了一个有趣的表情。我说20分钟后会回来取餐，然后就带着Bob去了马路对面的超市。

有了这些钱，我给Bob买了一袋不错的高级猫粮、几袋他喜欢的磨牙饼干和一些猫咪牛奶，接着给自己买了几听好啤酒。

我说："Bob，让我庆祝一下吧，这真是值得记住的一天。"

拿到晚餐之后，我几乎是一路跑回了家。牛皮纸袋里散发出来的食物味道香气扑鼻，令人垂涎。一进家门，Bob和我就狼吞虎咽起来，好像今天是世界末日似的。我已经有好几个月，也许有好几年都没吃过这么好吃的食物了，我敢肯定Bob也是一样。

接下来的几小时，我们都缩成一团。我在看电视，而他在暖气片下最喜欢的地方待着。那天晚上，我们睡得跟木头一样沉。

Chapter 6
一个男人和他的猫

第二天早晨,我被一声巨大的撞击声吵醒了。蒙了一下后,我立刻意识到发生了什么。叮叮当当的声音是从厨房传来的,听起来好像是 Bob 又在试图打开放食物的橱柜,并且碰翻了什么东西。

我眯眼看表,已经快到中午了。经过昨晚的折腾,我实在是想多睡一会儿,但 Bob 显然不想再等了。他在以自己的方式说:"快起床,我要吃早饭。"

我挣扎着起来,跌跌撞撞走进厨房,看见一只平时热牛奶的小锡锅正躺在地上,就是它吵醒了我。

Bob 一看到我,就向着自己的碗跑过去。

"好了,伙计,我知道了。"我打开橱柜,拿出一小袋他喜欢吃的鸡肉味猫粮,往碗里倒了一点儿。他三两下就吃完了,然后喝光了碗里的水,接着舔干净脸和爪子,走进了客厅。他走到客厅暖气片下那个最喜欢的位置趴下，一副心满意足的样子。

"要是我们的生活如此简单就好了。"我心想。

我想过今天不去工作，但随后又觉得最好还是去。虽然我们昨晚赚了不少，但是这些钱支撑不了太长时间，马上就要到缴电费和燃气费的日子了。鉴于最近几个月天气寒冷，账单肯定不会很好看。此外，我生命中又有了一份新的责任，多了一张嘴（一个饥饿的嗷嗷待哺的家伙）要养活。

狼吞虎咽地吃了些早餐，我开始收拾表演用的东西。

我不确定今天Bob是否想再次跟我一起出去卖艺。也许昨天只是偶然，他就是好奇我每天离家去了哪里，而现在他的好奇心已经得到了满足。但我还是在袋子里放了几块点心，以防万一他决定再次跟着我。

下午早些时候，我把背包和吉他斜挎在背上就出门了，这是个很明确的信号。如果Bob不想跟着我出门——当然这种情况很罕见——他会溜到沙发背后去。有那么一会儿，我以为他今天不想出门了，因为我开门的时候，他正向着沙发背后走去。但正当我准备关门时，Bob突然冲了出来，跟着我一起进了走廊，朝楼梯间走去。

到了一楼后，Bob先去灌木丛里方便了一会儿，然后他并没有回来，而是一路跑向垃圾箱。

他对垃圾箱很着迷，天知道他在那里找些什么、

吃些什么。我想大概这就是他随我下楼的原因吧。我不太喜欢他翻找垃圾箱的这个习惯，于是走过去看里面到底有什么。谁都说不准环卫人员什么时候会来。幸运的是，垃圾箱早上一定已经被打扫过了，因为周围没有散乱的垃圾。既然没什么可翻捡的，Bob就失去了"寻宝"的兴趣。我决定丢下他去工作。我知道他会想办法回到楼里，尤其是现在很多邻居都认识他了，有几个人一看到他就会过来逗他，还有一位住在我楼下的女士经常喂他小零食。

很可能当我晚上回家的时候，他已经在楼梯口等我了。

"这样很好。"我边想边朝托特纳姆高速公路走去。Bob前一天已经帮了我大忙。我不能利用我们的关系，要求他每天都跟着我。他是我的伙伴，不是我的雇员！

天空阴沉沉的，还飘着小雨。如果伦敦市中心也是这样的天气，那还是别白费力气了吧。在下雨天卖艺并不是一个好主意，人们只会更快地从你身边跑过，而不会对你抱有同情。我在心中盘算着，如果市中心下起倾盆大雨的话，我就直接回家，带着Bob出去玩。我想用前一天赚的钱给他买条好一些的牵引绳和项圈。

我才走了不到200米，就感觉到有东西跟在我后面。我转过身，看见一个熟悉的身影正沿着人行道慢慢走着。

"啊，我们都改变主意了，不是吗？"当他走到我身边时,我说。

Bob歪着头,可怜地看着我,好像在说:"是的,不然我为什么要站在这里?"

我的口袋里还装着那根用鞋带编的绳子。我给Bob系上,然后和他一起向着目的地走去。

从托特纳姆到科芬公园的沿途街道各有不同,但像之前一样,人们会立即开始盯着我们看。有一两个人一脸不以为然地看着我,他们明显觉得我疯了,居然用一根鞋带牵着一只猫四处走。

"如果我们经常这样走动的话,那就真的应该给你买一条合适的牵引绳了。"我轻轻地对Bob说,突然间感到有点儿不自然。

除了那些没给我好脸色的人之外,一些人冲我笑着点点头。一位来自西印度群岛的女士重重地放下手中的购物袋,给了我们一个大大的、阳光灿烂的笑容。

"你们俩在一起真像一幅美丽的图画。"她说。

自从我搬到这儿来以后,从来没有人在家附近的街上跟我说过话。所以,她跟我说话这件事让我感觉有些古怪,但也很有趣,就像哈利·波特(Harry Potter)的隐形斗篷从我肩上滑落了一样。

当我们准备穿过托特纳姆高速公路时,Bob看着我,似乎在说:"来吧,你知道该怎么做。"于是,我抱起他放到肩上。

很快我们就上了公共汽车,Bob坐在他最喜欢的

位置上，脸贴着玻璃。我们再次出发了。

我对天气的预判是正确的。没过多久雨就开始下了，在车窗上汇集成水流，形成各种不同的图案，而Bob再次把脸紧紧贴在车窗玻璃上。车窗外，只能看到一片雨伞的海洋。人们四处奔跑，踩着水穿过街道躲避这场倾盆大雨。

让人高兴的是，当我们到达市中心的时候，雨已经小多了。尽管天气不好，但街上的人甚至比前一天更多。

"我们试着待几小时，"我把Bob放在肩膀上，向科芬公园走去，"但是我保证，如果再次开始下雨，我们就回去。"

沿着尼尔街走的时候，人们又一直拦住我们。我很乐意让他们逗逗Bob，只要不过分就行。仅仅在10分钟里就有6个人拦住我们，其中还有3个人要求给Bob拍照。

我很快就意识到不能停下来，否则我们会在自己觉察之前就被围得严严实实。

当我们走到尼尔街尽头转向詹姆斯街的时候，发生了一件有趣的事。

我突然感觉到Bob的爪子在我的肩膀上动了动。我还没反应过来，他就从肩膀上滑到了我的胳膊里。当我把他放到人行道上后，他开始拉着绳子走了起来。我把绳子放得足够长，让他自己走在前面。很明显，他认出了我们所在的地方,知道我们要去哪里,并且给我带路。

他始终走在我前面,一直走到我们前一天晚上表演的地方。然后站在那儿,等着我拿出吉他,为他放好吉他盒。

"你又来这一套,Bob。"我说。

他马上坐进有软衬的盒子里,似乎那里才是他该待的地方。他摆好合适的姿势,以便看着周围的世界发生了什么——在科芬公园,确实能观察到世界的缩影。

我以前心中一直怀有成为一名真正的音乐人的梦想,立志于当下一个科特·柯本。虽然现在听起来很傻,但当我从澳大利亚回到英格兰的时候,这确实是我"宏伟"计划的一部分。

我走之前,跟我母亲和其他人都是这么说的。

曾经有一段时间,我觉得自己实际上已经小有成就了。

虽然那时候很艰难,但是2002年,我从街头搬进了达尔斯顿的一家庇护所,阴错阳差地跟其他人一起组建了一支4人吉他乐队,名叫"暴怒乐队"(Hyper Fury)。这个名字恰如其分地反映了我自己的状态。我

真的是个脾气暴躁的年轻人,经常会感到愤怒,尤其是在遭受到不公平对待时。我的音乐正是自身怒气和焦虑的一个发泄口。

正因如此,我们并不是主流乐队。我们的歌曲躁动、阴暗,歌词更甚,但这并不奇怪,毕竟我们深受九寸钉乐队和涅槃乐队的影响。

本来我们要出两张专辑,可能称其为"迷你专辑"要更准确。第一张于2003年9月发布,当时是和另一支名为"腐蚀"(Corrision)的乐队联合发布的。专辑名字就叫作《腐蚀对阵暴怒》(Corrision vs Hyper Fury),主打歌曲有两首,分别叫作《突击》(Onslaught)和《报复》(Retaliator)。这些名字又一次强烈地反映出了我们的音乐思想。6个月后,即2004年3月,我们发行了第二张专辑《深度毁灭》(Profound Destruction Unit),主打歌曲有三首,分别是《抱歉》(Sorry)、《深度》(Profound)和重置版的《报复》。这些专辑卖出去了一些,但根本没有火起来。这么说吧,我们并没有得到"格拉斯顿伯里音乐节"的邀请。

尽管如此,我们还是有一些粉丝,也获得了一些演出机会,主要是在伦敦北部卡姆登之类的地方。那儿有一个很大的哥特式场景,很适合我们的音乐风格。我们去过酒吧,也去过舞厅,基本上,无论收到来自哪里的邀请,我们都会去演出。有一段时间,我们的前途看起来似乎很光明。我们最大的一次演出是在"都柏林城堡",那是伦敦北部一家著名的音乐酒吧。我们在那里演出过很多次,包括"哥特夏日音乐节",在当时这可是一件大事。

对我们来说,事业发展得如此顺利,以至于我和腐蚀乐队的一个成员皮特开始合作,着手创建我们的独立品牌。

但是它并没有走上正轨。或者,更准确地说,我并没有认真工作。

简单来说,当时我正在和自己最好的朋友贝尔交往。我们曾是很好的朋友,她很会照顾人,一直陪伴着我,但这段感情从一开始就注定没有好结果。因为当时她也沉迷于毒品,我们俩相互拖累。这对双方都没有好处,毕竟我们都在努力戒毒。一个人努力戒毒时,如果另一个人还在吸毒,那只会引诱对方继续吸毒,如此往复。

这让我很难从恶性循环中脱身。

我曾努力过,但现在回头看,当时我并没有尽自己最大的努力。也许当时我并不相信自己真的能戒掉毒品。乐队渐渐被我放在了次要的位置上。复吸真的太容易了,这毫不夸张。

2005年,我终于认清了现实,乐队只是一个业余爱好,我不能以此为生。皮特依然在以独立乐队的形式做音乐。而我当时正在艰难地跟毒品做斗争,随时有可能会再次倒在路边。那是另一次从我指尖滑走的

机会。我想我永远都不会知道，如果我抓住了那次机会，未来将会怎样。

然而，我永远不会放弃音乐。即使乐队解散了，我也失去了在各地进行专业演出的机会，我还是会每天弹几小时吉他，即兴创作一些歌曲。这是我宣泄的出口，如果没有音乐，我不知道自己将身在何方。最近几年，卖艺挣钱让我的生活有了极大的改善。如果不卖艺，赚不到钱，真不知道我要怎样才能维持生计。那种情形真是不敢想象。

那天晚上我准备就绪后，游客再次大批涌来。

就像是头一天晚上的翻版。我一坐下，或者更准确地说，Bob一坐下，往常急匆匆从我身边走过的行人都开始放慢了脚步，和他打起招呼。

他再一次展现了自己对于女性的吸引力，围观者中的女性人数远远多于男性。

我刚开始弹吉他没多久，一个板着脸的女交警走了过来。她低头看到Bob时，脸上逐渐展开了一丝温暖的微笑。

"啊，看看你。"她边说边蹲下来抚摸Bob。

她几乎没有看我第二眼，也没有往吉他盒里扔钱。但是没有关系，我开始喜欢上Bob这种"点亮"人们生活的方式了。

他是一个美丽的精灵,这一点是毫无疑问的。但他并不是只有这一个优点,Bob还有其他的闪光之处。比如,他生来就有吸引他人关注的特质,人们都能感觉到他身上有种特别的东西。

我自己也能感觉到,这是一种很特别的东西。他跟人们有着一种不同寻常的友好关系——或者至少,他认识的那些人获得了他内心的信任。

有时,我发现当他看见不喜欢的人时,会有一点儿生气。有一次我们布置妥当后,一个打扮时髦、看起来很有钱的中东人挽着一位非常迷人、很可能做过模特儿的金发女郎走了过来

"噢,看,多么好看的一只猫啊。"金发女郎边说边拉着男人的手臂让他停下来。男人显然没有兴趣,轻轻挥着手,不屑一顾,好像在说:"那又怎么样?"

他一这样做,Bob的肢体动作就发生了变化。他轻轻弓起背,挪了一下位置,让自己稍微朝我靠拢了一点儿。这些变化很细微——但对我来说,很能在事实上说明问题。

"这家伙是否让Bob想起了以前的某个人?"这对男女走了之后,我自己想道,"是不是这种场景他以前也看到过?"

我对Bob的故事一无所知,他为什么会在那天晚上出现在我公寓的楼道里?但是我可能永远也找不到

这些疑问的答案了，只能猜想。

　　今天来到自己的地盘时，我比前一天更加放松了。大概是昨天Bob的表现把我也吓到了。我已经习惯了独自站在人群中，吸引人们的注意。做到这一点并不容易，我的每一分钱都赚得很艰难。但有Bob在，一切都不同了。他吸引人们关注的方式最初让我感到有点儿奇怪。而且被那么多人围着，我认为自己有责任照顾他。正如伦敦其他区域一样，科芬公园附近也有不少怪人，我担心会有人冲过来把他抢走。

　　但是今天，我感到很放松，我觉得我们是安全的，好像我们本来就属于这儿。

　　当我开始唱歌时，硬币叮叮当当地落入了盒子里，和昨天的频率一模一样。我心里想："这一刻真是太令人享受了。"

　　我已经有很长时间都没出现过这种想法了。

　　三小时后，我们回家时，我的背包再次因为沉甸甸的硬币而叮当作响，甚至响声更大。我们又挣到了60英镑。

　　这一次，我不打算把钱花在昂贵的咖喱食品上了。我心里有更多更实际的开支计划。

　　接下来的一天，天气变得越发糟糕，天气预报说晚上会有一场大雨。

　　因此，我决定不去卖艺，而是要跟Bob待在一起。如果他以后会像这两天一样跟我出去工作，那么他就需要一套更好的装备。我不能总是把他拴在一根鞋带上，带着他到处溜达。撇开其他因素不说，鞋带绳戴起来既不舒服也很危险。

　　于是，Bob和我跳上一辆公共汽车，朝拱门的方向而去，我知道那儿有爱猫慈善中心的伦敦北部分店。

　　Bob马上感觉到这不是我们此前几天常走的路线。有时他会转过来看着我，好像在问："你今天要把我带到哪儿去？"他并不是焦虑或害怕，而是好奇。

　　爱猫中心的商店里有各种各样关于猫的装备、玩具和图书。里面还有各种免费手册和说明，普及了各种养猫常识，从微型跟踪芯片到弓形虫病，从饮食指导到节育指南，应有尽有。我拿了一些手册，想回去慢慢读。

　　店里只有两位女店员，很安静。我把Bob放在肩上四处闲逛时，她们忍不住过来和我聊天。

　　"他真好看！"一位女店员说道。她轻轻地为Bob梳理着毛发，Bob显然感觉到自己在这双手中很安全，于是放心地依偎着她。

　　我解释了我们是如何相遇的，又讲了前两天发生的事。两位女店员笑着点点头。

　　"许多猫都喜欢跟他们的主人一起出去，"一位女

店员告诉我,"他们喜欢在公园里溜达,或者在街道上散会儿步。但是我不得不说,Bob有点儿与众不同,是吧?"

"他确实不同。"另外一位女店员说,"我想你给自己找到了一个宝贝。他很明显已经决定和你一起生活了。"她们的话再次肯定了我内心深处的想法。有时,我不知道自己是否应该更狠心一点儿把Bob送回大街上;或者,把他带回家和我一起生活是否正确。而两位女店员的话点醒了我。

但问题是,如果Bob将成为我在伦敦街头的忠实伙伴,我还真不知道该如何照顾好他。委婉地讲,街头并不是个安全的地方,除了显而易见的交通问题以外,还有各种各样潜在的威胁和危险。

"你能做的最好的事,就是给他配一副像这样的背带。"一位女店员边说边从钩子上取下一副漂亮的蓝色尼龙背带,上面还配有项圈和牵引绳。

接着她向我介绍了这款产品的优点和缺点。

"在猫脖子上拴一根绳子可不是一个好主意。质量很差的绳子会对猫的脖子造成伤害,甚至会让猫窒息。而质量好一点儿的项圈又存在一个问题,它们是用弹性材料制作的,也被称作'可挣脱'项圈,因此如果项圈被挂在某个物体上,就会自动从猫的脖子上脱落,这样猫不会被困住。但是,你很有可能在某个时刻发现自己手里只拉着一根空绳子。所以,我建议你最好买一副猫的专用背带和牵引绳,特别是如果你总是跟Bob一块儿出去的话。"

我问道:"这会不会让他觉得很不舒服?他会觉得不自在吗?"

她同意我的疑问:"你需要小心地帮他戴上,慢慢帮他适应,这大概需要花费一周左右。一开始,在你们每天准备一起出门之前,提前几分钟给他戴上背带。然后逐步延长时间,让他适应。"她看出我还在犹豫,就说:"为什么不让他试试看效果呢?"

"好吧。"我说。

虽然不确定发生了什么,但Bob现在看起来戴得很舒服,并没有过多挣扎。

"让他戴着吧,适应一下身上挂着东西的感觉。"店员说。

背带、项圈和牵引绳总共需要13英镑,这是那儿最贵的装备之一,但是我认为Bob配得上这样一套装备。

如果我是个商人,是"詹姆斯&Bob公司"的首席执行官,那我肯定要照顾好自己的员工,在人力资源方面加大投入。不过,在这里应该是"猫力资源"。

Bob对这身装备适应得很快。一开始,我只是在家里时才让Bob戴着背带,有时也会给他接上绳子。

起初，他对这条拖在后面的超长"尾巴"有些好奇，但是很快就适应了。每当他戴上以后，我都会表扬他。我知道决不能冲他大喊大叫，当然，我也从未这样做过。

几天后，我们能戴着背带出门进行短时间散步了。外出卖艺时，多数情况下我会给他套上旧项圈，之后再时不时地换上新背带。慢慢地，戴上背带就成了他的第二本能。

Bob依然每天都跟着我。

我们从来不在户外待太长时间。即使我觉得他愿意跟我浪迹天涯，即使他总是坐在我的肩上无须走路，我也不会那样做。

在我们一起卖艺的第三个星期，他第一次决定不跟我出去了。我像往常一样穿好衣服背起包，这时他本应该走过来准备戴背带了。但是这一天，他却躲在暖气片下面趴着，像是在说："我要休一天假。"

我能感觉到他累了。

我摸着他，问道："不想出去吗，Bob？"

他以自己独有的方式看着我。

"没问题。"我说，然后去厨房往他的食盆里放了些吃的，确保他在接下来的一天里不会饿着。

我曾听说当主人外出的时候，打开电视机能让宠物们感到没那么孤独。我不知道这种说法对不对，但是不管怎样，我还是打开了电视机。随后，Bob马上走到他习惯的位置趴下，开始看电视。

那天确实让我十分清晰地感受到，Bob给我的生活带来了多大的不同。当他跟我在一起时，无论到哪儿，我都能获得极高的回头率。而我独自一人时，就再次被人无视了。现在，我们在当地已经很有知名度，许多人都在用各种方式向我们表示他们的关心。

那天晚上，一个当地的摊主从我身边经过时问道："小猫今天怎么没来？"

"他今天休假。"我说。

"哦，那就好。我还担心那个小家伙出什么事了。"他笑着，冲我竖起了大拇指。

还有许多人停下脚步问了同样的问题。当我告诉他们Bob很好后，他们就离开了。没人像往常Bob在的时候那样，充满兴趣地停下来跟我聊一会儿。我也许不太喜欢这样，但是我能接受。生活有时就是如此。

之前我们在詹姆斯街上卖艺时，掉落在包中的硬币声就如音乐一般不停地在我耳边回响。不可否认，Bob不在的今天，这种音乐声慢了许多。在演奏的过程中，我意识到今天无法挣到足够多的钱了。我花了更多的时间，但挣到的钱只有平时跟Bob在一起时的一半。这就是Bob出现前的模样，但那时我也过得

很好。

晚上回家时，我逐渐明白了一些事。这些与挣钱无关，我也不会再挨饿了，有Bob在，我的生活已经变得很富有了。

有这样一个如此可爱、如此棒的家伙陪伴左右，是一件多么让人开心的事啊。我知道，这正是一次让我的生活重回正轨的良机。

在街上卖艺的时候，人们是不会给你机会的。遇到Bob之前，如果我想在酒吧靠近别人，他们首先的反应是："不要，谢谢。"根本不会给我打招呼的机会。

即便我只是想占用他们一点儿时间，他们也会在我张嘴前说："不了，谢谢。"每次都是如此。他们从未给过我任何机会。

人们不想听这些说辞。在他们眼里，我只是一个想不劳而获的人。他们并不能理解，我是在工作，而不是在乞讨。我只是在讨生活。我只是没有穿西装、打领带，没有拿着公文包或电脑，没有工资单和退税表格，但这并不意味着我在利用别人的慷慨占小便宜。

带着Bob一起卖艺，给了我一个与别人交流互动的机会。

他们会问Bob从哪里来，我也会解释我们是如何走到一起的，我们还需要挣钱来付房租、吃饭、缴电费和燃气费。人们这时会变得更愿意倾听。

从心理层面上来讲，人们会开始以不同的眼光打量我。

　　猫是出了名的吹毛求疵的动物。如果一只猫不喜欢他的主人,就会离开另投他处。猫都有这个习惯,它们随时会一去不返。当人们看见我带着一只猫时,他们对我的印象就会发生改变。Bob让我变得更有人情味儿了。在某些方面,他让我重新找回了自我。我以前过着非社会人的生活,但现在,至少我再次开始成为一个正常人了。

Chapter 7
两个火枪手

Bob不仅改变了别人对我的看法，也改变了我对别人的态度。

我的人生从未对他人负责。青少年时期在澳大利亚时，我总是在做临时工。有一段时间，我也混过乐队，但这需要团队协作。因为我离开家的时候年龄并不大，所以在大部分时间里，我只会对自己负责。只对一个人负责，仅仅是因为我周围也没有需要在意的其他人。于是，我渐渐变得很自私，只关心自己每一天的生计。

但Bob出现在我的生活里了，他改变了一切。突然间，我有了额外的责任，另一个生命的健康与欢乐都需要依赖于我。

这让我感到有点儿震惊，但我开始接受了这个事实。实际上，我喜欢这样。在多数人看来可能有些傻，但这是我头一次体会到照顾孩子的感觉。Bob就像我的"宝贝"一样,让他吃饱穿暖并且保证他的安全,是我最在意的事情。

但是我依然会担惊受怕,尤其是在街上的时候。在科芬公园之类的地方时,我始终处于防护模式,直觉告诉我无时无刻都要保持警醒。我的这种态度是有原因的。

我并不会因为好心人的举动而放松警惕,认为自己非常安全。要知道,伦敦的大街上并不都是好心的游客和爱猫人士,不是所有人看到长发卖艺人带着猫在街边讨生活时都会大发善心。虽然有了Bob后,我的"不受欢迎情况"好了许多,但有时还是会有些领到一周薪水的年轻人在喝多之后觉得自己高我一等。

他们会这样喊:"去找个正经工作吧,你这个长头发的无业游民!"当然,他们使用的语言会更加"丰富"。

我不在意这些羞辱,我已经习惯了。但是当他们攻击Bob的时候,我的保护本能就激发了。

一些人视我和Bob为容易欺负的"活靶子"。我们几乎每天都会遇到各式各样的蠢货,他们愚蠢地大叫或大笑。那些起初的言语威胁偶尔会演变成暴力冲突。

一个星期五的晚上(那时我已经和Bob来科芬公园卖艺3周左右),我们正在詹姆斯街上表演的时候,一群吵吵闹闹的黑皮肤年轻人走了过来。他们看起来有点儿凶，明显是要找麻烦。其中几个人发现了Bob坐在我身边，于是开始逗他，嘴里叫着："噢！喵！"他们的女伴也在旁边起哄，似乎觉得这样很有趣。

这对我们没什么大碍，只是显得他们很蠢很幼稚。但之后不知为什么，一个人踢了一下Bob坐的吉他盒，这一脚不像是在开玩笑，而是充满了敌意，使盒子和Bob在地上滑了3厘米左右。

Bob感到非常不舒服。他大叫了一声，几乎是尖叫着跳出了盒子。幸亏他戴着项圈，否则肯定会因为受惊而逃入人群中，那样我也许就永远见不到他了。他被牵引绳拽着，只好躲进了我放在一旁的背包里。

我马上站起来，瞪着那家伙。

"为什么这么做？"我问。我的个头儿远远超过他，但是他看起来好像并不害怕。

"我只是想看看这只猫是不是真的。"他大笑着，好像自己刚刚讲了个精彩的笑话。

我并不觉得可笑。

"真聪明啊，你这个白痴。"我说。

这是宣战的信号。他们都走过来，把我团团围住，其中一个家伙开始用胸脯和肩膀撞我。我毫不示弱地顶了回去。那一两秒钟里，双方僵持不下，但我知道附近街角有一个监控摄像头，于是指着它说："来吧，尽管动手。但要知道，你们都被拍到了，让我们看看最后会怎样吧。"

我真想在监控画面或是其他地方看看当时他们脸上的表情。这些年轻人知道暴力行为一旦被拍下来，就无法赖账，因此没有再做什么。其中一个人给了我一个眼神，好像在说："你等着瞧。"

当然，接下来又是一阵谩骂。但他们很快走了，挥舞着手臂，做着众所周知的各种挑衅姿势悻悻离去。我并不害怕，实际上，我很高兴把他们赶走了。但是今晚我不能在这儿待太长时间了，我知道自己招惹了哪类人，他们不会善罢甘休。

这件小事证明了很多事。首先，待在监控摄像头附近是个好主意。这个小技巧是另一位卖艺人教给我的，要尽量在有监控的地方卖艺。他告诉我："这样你会更安全。"当然，那时的我还不以为然，自认为高明得不得了，想着这样一来我非法卖艺的行为不就会被抓个正着吗？于是很长一段时间里，我都没拿他的忠告当回事儿。但慢慢地，我体会到了其中的智慧和背后的危险。

这是正面的经验。这段经历也提醒了我负面的危机。出事的时候我真的孤身一人，看不见警察，科芬公园的"卫兵"也不见踪影，甚至连地铁站里的工作人员都没有提供任何帮助。当这帮小混混围着我的时候，旁边路过了许多人，但没有人站出来帮我，大多数人都躲得远远的，匆匆离开。没有人向我伸出援手。在这点上，一切都跟我以前流落街头时一样，没有变化，只是这次我有了Bob。

"Bob，只有你和我在与全世界抗争，"在回家的公共汽车上，我对他说，"我们是'两个火枪手'。"

Bob紧挨着我，轻轻咕噜了几声，好像表示同意。

事实是，在伦敦的街头，我们需要小心对待的不只是人。自从开始带着Bob上街，我就非常注意街上的狗，它们中的一部分一直都对Bob很感兴趣，这一点儿也不奇怪。幸运的是，大部分主人看到自己的狗凑上来时，都会轻拉绳子。只是还有小部分狗会凑得非常近，让人感到不舒服。

还好Bob看起来没有丝毫不安，他直接无视它们。如果它们来到近前，Bob会瞪着眼睛把它们赶走。这让我再次确信他肯定曾经混迹街头，知道如何在这种环境下自处。大约在那帮小混混挑事后的一周左右，我发现Bob在面对一只狗的时候表现得游刃有余。

当时是傍晚时分，我们正在尼尔街上坐着，一个人牵着一条斯塔福郡斗牛梗进入了我们的视野。蠢人总有斗牛梗傍身，这是在伦敦生活的一条规律，而这个人看上去就蠢得要命。他留着平头，大口喝着超大罐的听装啤酒，身上穿着一件皱巴巴的运动衣，走在街上左摇右摆，已经喝多了，而此时不过才下午四点钟。

他们慢慢走过来，斗牛梗发现了Bob，不停地用力拉着身上的绳子。

此时他只是对 Bob 感兴趣，没什么敌意。或者更确切地说，他只想尝尝 Bob 身前的饼干。他径直朝放饼干的碗走去，兴奋地嗅了嗅，想尝一两块。

接下来发生的事让我难以置信。

我多次看见过 Bob 和狗相处的场景。一般来说，他会对狗不予理睬。但就在那一刻，他一定觉得自己必须采取行动。

Bob 此前一直在我身边安静地打盹。但是当那条斗牛梗伸头凑向他的饼干时，他平静地抬起眼，慢慢站起来，猛地用爪子挠了一下狗鼻子。出手速度之快，就好像拳王阿里的重拳一样。

那条狗根本不敢相信发生的一切，吓得跳开了，不住地往后退。

我想我也跟那条狗一样被惊呆了，随后大声笑了出来。

狗主人看了我一眼，又看了一眼狗。他实在是喝多了，全然不明白一眨眼的工夫发生了什么。他狠狠打了一下斗牛梗的脑袋，拉着狗绳走开了。一只猫居然能让他那条面目凶悍的狗看起来如此愚蠢，我想他一定觉得很尴尬。

Bob 目送着那只斗牛梗垂头丧气地离开，然后继续趴回我身边打盹，似乎挠了一下那条恶犬的鼻子对他来说微不足道，就像是拍死一只烦人的苍蝇一样。这一件事真的给了我巨大的启发，让我意识到了命运

让我们相遇之前，Bob到底过着怎样的生活。他明显不惮于自我保护，实际上，他相当清楚该如何照顾好自己。这一定是从别处学来的，也许他之前生活的环境里有很多狗，而且像这条一样不友善。

我再次想起了那些老问题：他是在哪儿长大的？跟我在一起成为第二个火枪手之前，他都有过一些什么样的传奇经历？

跟Bob在一起的日子充满了乐趣。斗牛梗一役足以证明，生活绝没有无聊的时候。毫无疑问，他很有个性，他的天性中充满了各种各样的怪癖，每天我都有新发现。

到目前为止，我认为他一定是在街头长大的。这倒不是因为他的街头格斗技巧，而是他完全没有家养的特征，活得略显粗野。即使过了一个月，他依然不喜欢我给他买的猫砂盆。无论什么时候，只要我把猫砂盆放在他旁边，他都会被吓跑。他宁愿憋着，一直到看见我出门，才会跟着下楼去花园里方便。

我不想让他养成这样的习惯。毕竟上下楼并不是件有趣的事——无论什么时候他去方便，我都得带着他爬五层楼。所以，我决定强制让Bob使用猫砂盆。三周后的某一天，我打算让他在屋里待上一整天，这样他就别无选择了。但Bob还是赢了。他一直憋着，等，等，等，一直等到我不得不出门的时候。然后，从我身边快速挤过去，冲下楼梯来到室外。Bob赢得了这场比赛。这是一场我不可能赢的"战斗"。

  他的性格中也有充满野性的一面。感谢绝育手术，他比刚来的时候要安静一些了。但有时仍然会像个疯子一样在家里到处撕扯，爪子所及之物都可以拿来玩。一天，他玩了一小时的瓶盖，在客厅里扔来扔去。还有一次，他在客厅里发现一只受伤的大黄蜂在咖啡桌上挣扎打转，它只剩下一只翅膀了。每当它从桌子上滚到地毯上时，Bob都会非常温柔地用牙齿衔起大黄蜂，把它放回桌子上，之后看着它继续挣扎。这一举动让我很是惊讶，他居然能如此轻巧地衔起翅膀，把大黄蜂安全地放回桌上。这真是一个有趣的画面，显然他并不想伤害那只大黄蜂，只是想跟它玩而已。

  在觅食方面，Bob的街头本性也尽显无遗。当我带他下楼方便时，他总是会径直冲向公寓后面的垃圾箱。那些大型垃圾箱的盖子通常是掀开的，偶尔里面会有还未被清理走的黑色垃圾袋，不过多半已经被狐狸或野狗翻开了。Bob经常要去探查一番，看看有没有遗漏。有一次，我看见他从一个撕开的垃圾袋里拖出了一块"扫荡者"落下的鸡腿肉。我想，这就是"劣习难改"吧。

  即便我定时定量地为Bob提供食物，他依然非常珍惜自己吃的每一顿饭，似乎这是他的最后一餐。只要我把猫粮舀到碗里，他就会一头栽进去，那种大吃

大喝的样子好像明天就是世界末日一样。

"吃慢点儿,要学会细嚼慢咽,Bob。"我笑着说。但这些都没有用。我猜他一定是在街头流浪的时间太长,所以从不放过任何进食的机会,而不习惯每天都能饱饱地吃上两顿。我知道那是一种什么样的感觉,在我的生命中也有相当长的时间过着那样的生活,所以我不会责怪他。

Bob和我有如此多的共同点,或许这就是我们会如此快地走到一起,并且关系越来越紧密的原因吧。

真正困扰我的一件事,是Bob身上的毛会掉落在家里的每个角落。

当然,这是很自然的事,春天来了,Bob正在褪去冬天的长毛。但毛掉得实在太厉害了。为了加快褪毛的过程,他会在家里的任何东西上蹭来蹭去,每到一处都留下厚厚的一层毛。这真的很烦人。

但同时,这也是一个良好的信号——他的皮毛以及身体的其他部分正在逐步恢复健康。他还有一点儿瘦,但是再也不像最初那样能看到肋骨了。他的毛一直比较稀疏,这也许与幼年流浪街头的经历有关。药物帮助他身上的秃斑重新长出了毛发,抗生素也差不多治愈了他的旧伤。事实上,如果不知道Bob以前长什么样，你甚至都不会注意到他身上的这点儿变化。

总而言之，他比一个多月前看起来健康多了。

我没有给他洗过澡。猫会给自己洗澡，在这方面，Bob非常典型，他经常会舔自己的皮毛。实际上，他也是我见过的最注重细节的猫。我曾经看见他有条不紊地舔着爪子，清洁自己。这一点让我着迷，特别是这一习惯跟他的远古祖先有着莫大的关系。

Bob的远祖来自热带，从不出汗，因此，它们舔舐自己也是想通过释放唾液来达到降温目的。此外，这也是它们自己的隐形斗篷。

从捕猎的角度讲，有味道对猫来说不是一件好事。它们是秘密行动的猎人，随时要准备伏击自己的猎物，因此必须尽可能不引人注目。猫的唾液中含有一种天然的除臭剂，这也是它们经常舔自己的原因。动物学家已经证实，猫去除身上的气味之后，生存的时间会更久，拥有更多子嗣。这也是它们躲避诸如蟒蛇、蜥蜴和其他肉食动物等天敌的方式。

当然，Bob的远祖们之所以会舔舐自己，最重要的原因是为了保持健康。猫有很强的自愈能力。舔舐皮毛能够杀死身上的寄生虫，如虱子、螨虫、蜱虫等，这些寄生虫会对猫的健康造成潜在伤害；舔舐还能防止伤口感染，因为猫的唾液能够杀菌。我曾有一天观察过，或许这就是Bob会时不时舔自己的原因，他知道自己的身体状况很糟糕，而这样做有助于伤口愈合。

Bob另外一个有趣的习惯就是看电视。有时我会在前往科芬公园之前或是不去卖唱的时候，去当地图书馆玩电脑。Bob也会跟着我，坐在我的腿上像我一样盯着屏幕看。我注意到当我移动鼠标的时候，他会试图用爪子击打屏幕上的光标。因此，有一天，我做了一个试验。我打开电视，然后离开客厅，走进卧室做别的事情。当我回来的时候，我发现Bob蜷缩在沙发里津津有味地看电视。

我曾听一个朋友说过，他家的猫喜欢看《星际迷航》(*Star Trek*)。无论什么时候听到主题曲，它都会跑过来跳上沙发。我有几次亲眼看见了这一场景，那真的非常有趣。我可没有开玩笑。

不久后，Bob也对看电视有一点儿上瘾了。只要被某样东西吸引了，他的眼睛就会黏在屏幕上。他喜欢看第4频道的赛马节目，特别喜欢其中的马。虽然我不喜欢看赛马节目，但是看着他坐在那儿我就会很开心，并深深地为他着迷。

Chapter 8
合法的一家人

我和Bob结伴去科芬公园卖艺几周后,有一天正好是一个周四,我像往常一样早早起来,做了早餐,带着Bob一起出门。我们没有像平时一样去伦敦市中心,而是在伊斯灵顿公园附近下了车。

我做了一个决定,既然他现在几乎每天都和我一起上街,那么我要做一件负责任的事,给Bob植入芯片。

以前给猫和狗植入芯片非常麻烦,但是现在这很简单。只需要一个小手术,兽医就能在猫的脖子里植入一枚小芯片,里面有一串序列号,记录了主人的详细信息。这样一来,如果一只被植入芯片的猫走失,人们就可以通过扫描芯片找到猫的主人。

考虑到Bob和我的实际情况,我觉得需要给他植入一枚芯片。假设有一天我们走散了,还能找到彼此。

万一我遭遇了不测,至少芯片里的信息会表明Bob不是流浪猫,他曾经有一个温暖的家。

当我在图书馆查阅资料看到芯片植入流程的时候,就知道自己负担不起这笔费用。大多数兽医植入一枚芯片都要收60~80英镑,这简直是敲诈,我根本没有那么多钱。即便有,我也不会交给他们。

有一天,我在过马路的时候跟街对面的"猫事通"女士聊了一会儿。

她告诉我:"找个周四,去伊斯灵顿公园站那儿的蓝十字中心看看。他们只收取芯片的成本费。但是你一定要早点儿去,那儿总是会排起长队。"

于是当天我们早早出发赶往这家晨间诊所,它的营业时间是上午十点到十二点。

正如那位"猫事通"女士所说的,那儿已经排起了长队,人已经排到了街对面的水石书店门口。幸运的是,当天早晨阳光明媚,晴空万里,多等一会儿也没关系。

这是来看兽医的典型场景——许多人都把猫装进了精致的笼子里,狗狗们则互相闻着对方,看起来有点儿惹人厌。但是比起最初带Bob去检查的防止虐待动物协会治疗中心,在这里排队的人明显友善了许多,看起来更好、更有爱心。

有趣的是,Bob是唯一一只没有被装在笼子里的猫,因此他像往常一样吸引了众多关注的目光。有几

位老太太很是为他着迷,逗了他好久。

排了一个半小时的队后,终于轮到了Bob和我。一位年轻的波波头护士接待了我们。

🐾

"给我的猫植入芯片要多少钱?"我问她。

"15英镑。"她答道。

护士看出我一下付不出这么多钱,于是很快补充道:"但是不用一次性付款。你可以分几周来付清。一周付2英镑怎么样?"

我很惊喜:"太棒了!可以。"

她快速给Bob做了体检,看他是否足够健康。Bob最近看起来好多了,特别是他已经完全褪去了冬天的毛。虽然他还是有点儿瘦,但行动非常敏捷。

护士把我们带进手术室,兽医已经等在那儿了,他是个年轻人,大约不到30岁。

"早上好。"他在跟护士交谈之前先跟我们打了声招呼。之后他们二人在一旁低声交谈了几句,便开始准备植入芯片的材料。

我看着他们把手术所需的东西聚拢在一起。护士拿出了一些文件,兽医则准备好用于植入芯片的注射器针头。针头的尺寸让我屏住了呼吸,那是一个老式的大针头。但没有办法,因为芯片有一颗大米粒那么大。

为了埋在动物的皮肤下面，它们只能做成这个大小。

Bob一点儿也不喜欢那玩意儿，但我不能怪他。我和护士两个人按住他，背对着兽医，让他看不到兽医在做什么。

但Bob并不傻，他知道要发生什么，因此非常躁动不安，试图挣脱我的控制。"没事的，伙计。"我边说边挠挠他的肚子和后腿。与此同时，兽医开始动手了。

当针头扎进去的时候，Bob发出一声响亮的尖叫，就好像一把刀扎在了我身上一样。过了一会儿，他痛得开始发抖，我想我都快要心疼哭了。

但颤抖很快停止，他平静下来了。我从背包里拿出一块小点心喂他，然后轻轻把他抱起来，回到接待区。

"干得好，伙计。"我说。护士让我填了几张看上去很复杂的表格，好在信息并不难填。"好了，"护士笑着说，"填一下你的个人信息，以便输入数据库，包括你的姓名、地址、年龄、电话号码等。"

当我看着护士输入信息的时候，有一个重要的念头刺激了我。难道我已经合法收养Bob了吗？

"这是不是意味着我现在是他登记在案的合法收养者了？"我问。

"是的。"她抬头笑着说，"难道不好吗？"

"不，这太棒了。"我有一点儿吃惊，"真的很棒！"

Bob已经安静了下来，我摸了摸他的前额。他显

然仍感到疼痛，因此我没碰他的脖子，不然他会咬我的胳膊的。

我咧嘴笑着说："你听到了吗，Bob？我们是合法的一家人了。"

当我们后来走过伊斯灵顿公园时，肯定比往常吸引了更多的关注。因为当时我面带笑容，嘴咧得跟泰晤士河一样宽。

跟Bob在一起让我的生活变得完全不同了，他让我从各个方面重新学会了正常生活。

我的生活走上了正轨，肩上也担起了责任。他让我学会审视自己，而我不喜欢原来的自己。

我还在戒毒的过程中，这并不是一件值得骄傲的事，我每两周要去一次戒毒中心，每天要去一次药房。我给自己定下了规则：除非必要，我绝不会带Bob一起去。这听起来很疯狂，但是我确实不想让Bob看到我的过去。并且，在Bob的帮助下，我现在真的要彻底告别过去了。我想让自己未来的人生干干净净，远离毒品，过上正常人的生活。所以我必须彻底结束这个漫长的过程。

但是，身边有很多东西会让我想起过去的时光，也提醒着我离成功还有很远。在给Bob植入芯片的几天后，我在屋里找一张随信附赠的公交卡时，把卧室抽屉里的东西都倒了出来。

在抽屉的最深处，我发现了一个塑料保鲜盒，它被压在一摞旧报纸和衣服下面。很久没有看到这些东西了，但我还是立刻认了出来。盒子里装满我以前吸食海洛因的工具，有注射器和针头等一系列吸毒用品。我看见它就觉得看见了一个幽灵，它勾起了很多糟糕的回忆。我看到了以前的自己，但我再也不想那样生活下去了。

我立即下定决心，再也不要把这个盒子放在家里。我不希望看到自己有再次被诱惑的可能。而且，我更不想让它出现在Bob周围，即使是被藏起来也不行。

Bob像往常一样坐在暖气旁边，看到我穿衣服准备下楼就立刻站了起来。他跟着我去垃圾箱，看着我把盒子扔进了有害废物回收箱里。

我回过身来，对正在用一种好奇的目光看着我的Bob说："好了，我要做些早就该做的事情了。"

Chapter 9
逃跑的艺术家

街头卖艺的生活从来都不会一帆风顺。计划总是赶不上变化,这一点我早就领教了。社工总是把我们这群人称为"乱七八糟的人"。他们认为我们的生活乱糟糟的,活得没有规律,而这本身就是我们生活的规律。因此,当跟Bob在一起的第一个夏天行将结束时,我们在科芬公园的卖艺生活开始出现了混乱,而我对此并不惊讶。

对游客来说,Bob依然善于取悦他们。无论他们来自哪里,都会停下来跟Bob说说话。到目前为止,我想我已经听过世界上的每一种语言(从南非荷兰语到威尔士语),也知道每一种语言中的"猫"怎么说。我知道捷克语是"kocka",俄语是"koshka",土耳其语是"kedi",还有我最喜欢的中文是"mao",我惊讶地发现他们的伟大领袖也姓"mao"(毛)!

但是无论何种或古怪或优美的语言，传达出的意思都几乎一模一样。每个人都很喜欢Bob。

我们还有一些"常客"，他们在附近工作，或是晚上回家时会路过这里。其中一些人总会停下来和我们打招呼，有一两位甚至开始给Bob带小礼物。

有些"当地人"却一直在找麻烦。

当我在詹姆斯街上卖艺时，会被科芬公园的"卫兵"找麻烦。我在地铁站旁卖艺时，"卫兵"偶尔会过来找我谈话，坚定地搬出规定来，说这里是雕像表演区。但当时这里没有任何雕像表演者，不会妨碍任何人。"你知道相关规定。"他仍然在喋喋不休。我知道，但我也知道规定是可以变通的。这是我流浪街头时学到的生活智慧。即便有人要坚持规定，他们也不会在这里守很久。

因此每当遭到驱赶，我都会先去其他地方待几小时，然后再悄悄地返回詹姆斯街。这虽然有一定的风险，但我从没见过他们叫警察来逮捕站错位置的卖艺人。

更困扰我的是，地铁站的工作人员开始抱怨我在他们的工作场所外面卖艺。其中有几个检票员会找我的麻烦。我站在地铁站的墙边，最初只是接到几个白眼和几句闲话。一天，一个穿着蓝制服、满头大汗的大块头检票员朝我走过来。

我发现Bob很会看人脸色，在很远之外就能够发

现某人来者不善。因此，那家伙刚开始朝我们走过来，Bob就发现了；当他走近后，Bob已经紧挨在我身边了。

"怎么啦，伙计？"我说。

"你最好滚开，否则……"那个检票员吓唬我。

"否则什么？"我毫不示弱。

"你会知道的，"他试图威胁我，"我在警告你。"

虽然检票员无权在地铁站外做什么，只是想吓唬我一下，但我还是觉得离开一小会儿更明智。

于是，我来到尼尔街路口，这里离长亩街路口很近，离地铁站也不是很远，但足以远离地铁站员工的视线。可是这儿的人流量不大，也没有科芬公园里那么多的好心人，而且经常会有一些白痴踢我的包，想吓唬Bob。我能看出Bob在这里并不舒服，每当我在这儿卖艺时，他都会把眼睛眯成一条缝，并且蜷缩成一团保护自己。他在以自己的方式说："我不喜欢这儿。"

过了几天后，Bob和我没有像往常一样去科芬公园，而是穿过索霍区，来到皮卡迪利广场。

当然，我们没有离开伦敦市中心——仍然在威斯敏斯特区——所以这里也有很多条条框框。皮卡迪利广场和科芬公园的管理模式很像，专门划了些地方给街头艺人卖艺。这一次我打算遵守规则。我知道广场东边有一条路通向莱切斯特广场,那儿对街头艺人来说是个好地方,因此我决定去那儿试试。

我带着Bob在皮卡迪利广场地铁站的一个主要站口附近找到了一个地方,就在"雷普利信不信由你奇趣博物馆"外。

从黄昏到晚上,那儿都非常繁忙,有成百上千的游客涌向伦敦西区的电影院和剧院。虽然地铁口附近的人们步履匆匆,但就像往常一样,当人们看到Bob的时候,都会放慢脚步,甚至会停下来。

我能看出Bob有一丝紧张,他在吉他盒里比往常蜷缩得更紧了。可能是附近人太多,或者是环境太陌生的缘故吧。他更喜欢待在一个熟悉的地方。

同往常一样,来自世界各地的游客在伦敦市中心观光。我们附近有一群日本游客,他们特别喜欢Bob。于是我很快学会了猫的一种新叫法:neko。一切都很顺利。到了傍晚六点时,人流量变大了,最繁忙的高峰期开始了。就在那时,博物馆里的一个促销员来到大街上。他穿着一件很大的充气装,看起来有正常身材的3倍大,他不停地做着手势让人们走进博物馆。我真的不知道这副打扮和展品有什么关联。也许里面是在展出世界上最胖的胖子?或是世界上最可笑的工作?

但我立即察觉到,Bob并不喜欢他的样子。自从这家伙出现,Bob立刻往我身边靠了靠。他不知道这

个家伙是怎么回事儿，所以注视的眼神中带了一丝恐惧。而我知道真正的原因是什么，那家伙看起来有些怪怪的。

还好，过了一会儿Bob就平静了下来，似乎是把他忘掉了。那个人继续招揽着顾客，而Bob继续无视他。他的工作成效还算不错，离我们很远。但是当我正在唱约翰尼·卡什的《炽火恋曲》(Ring of Fire)时，不知为何那家伙突然指着Bob走了过来，像是要来逗逗他。直到他穿着古怪的充气装走近我们并试图弯下腰来抚摸Bob时，我才注意到他，但是已经太迟了。

Bob瞬间做出了反应，他一下子跳起来冲进了人群，新买的牵引绳还拖在尾巴后面。我还没反应过来，他就已经冲向地铁站的进站口方向，不见了。

"他跑了！"我的心狂跳不止，"我弄丢了他！"

我立刻做出下意识的反应，跳起来跟在后面追，都顾不上拿吉他。吉他丢了还能买，而我更担心Bob。

很快，我就发现自己淹没在了人海中。到处都是结束一天工作、疲惫不堪准备进地铁站的白领，还有大量在傍晚时分来到西区准备感受夜生活的人，以及无穷无尽的游客——他们有些背着帆布包，有些拿着地图，脸上全是在伦敦市中心迷失的样子。我不得不在人群中钻来钻去，试图接近地铁站口，不可避免地和一些人发生碰撞，甚至差点儿撞倒一位女士。

面前这道无止境的人墙让我根本看不到任何东西。

当我成功走下最后一级台阶来到地铁站大厅时，人群才稍微松散了一点儿。虽然依旧是人头攒动，但至少我能够停下来四处查看。我趴在地上到处寻找，有人奇怪地看着我，但我根本不在意。

"Bob，Bob，你在哪儿，伙计？"我大声喊。但根本没用，周围的噪声太大了。

我只能选择一个方向，然后继续寻找。我是该进站坐电梯下到站台，还是去其他地铁口找？Bob会去哪儿？直觉告诉我，他不会去站台，因为我们从来没有去过那儿，并且他害怕电梯。

因此，我朝皮卡迪利广场的另外一个出口走去。

过了一会儿，我隐约看见一道姜黄色的光在楼梯上闪了一下，然后又看见一根绳子拖在后面。

"Bob！"我大喊了一声，试图朝那个方向挤过去，"Bob！"

我离他只有10米，但是人太多了，以至于我觉得也许还有一公里那么远，而且人们正源源不断地从楼梯上走下来。

在昏暗的光线下再次看见那道姜黄色身影时，我大喊："拦住他，踩住他的绳子。"

但是没人注意，也没人关心。

仅仅一会儿，那根绳子就消失在了我的视野中。Bob肯定已经跑到了通向摄政街街尾的出口，从那儿跑掉了。

到目前为止，我的脑袋里闪过了无数个念头，但没有一个是好的。要是 Bob 跑到通向皮卡迪利广场的路上该怎么办？要是有人看见他并且抱走他怎么办？我跟跟跄跄地爬上楼梯，来到大街上，再次回到恐慌的状态。

说实话，当时我都快哭了，觉得自己再也见不到他了。

我知道他不是因为我的错而跑掉的，但我还是感到很懊恼。为什么我不把他的绳子拴在背包上，或者系在腰带上？这样他就跑不远了。为什么那个家伙一出现的时候，我没有发现 Bob 的恐慌？为什么我没有带着 Bob 去别的地方？我真的感到非常难过。

接下来该往哪儿找？他可能会跑去哪里？也许他会左转跑向皮卡迪利广场，甚至跑到旁边的巨塔唱片店去。根据直觉，我猜测 Bob 可能会沿着摄政街宽阔的道路一直跑下去。

我忐忑不安地开始顺着街道找下去。

我知道自己看起来像疯了一样，路人纷纷向我侧目，有些人甚至躲着我走，好像我是在骚乱中逃命的杀手一样。

幸运的是，并非每个人都是这样的反应。

走了差不多 30 米之后，我看到一个年轻女孩背着包从摄政街尽头的苹果零售店出来。她明显是一直沿这条路走过来的，于是我走上去问她有没有看到一只猫。

"哦,是的。"她说,"我看见一只猫沿着这条路跑过去了,是姜黄色的,尾巴后面还拖着一根绳子。一个男人想踩住绳子抓住他,但是那只猫跑得太快了。"

我的第一反应是非常高兴,甚至想亲她一口,那肯定就是Bob。但是,我的高兴很快就被担心所取代。那个想抓住他的男人是谁?他想干什么?Bob有没有被再次吓到?他现在是不是躲在某个我永远都无法找到的地方?

我沿着摄政街继续找下去,这些新想法在脑子里急促地闪现。每路过一家商店,我都会把脑袋伸进去张望。

大部分店员都很吃惊地看着一个长头发的家伙站在他们的店门口,下意识地向后退。还有些人一脸茫然地缓缓摇着头。他们一定觉得我只是一块刚刚从大街上被吹过来的泥巴。

找过六七家店之后,我的脑子又乱了。自从Bob跑掉之后,我不知道过去了多久,时间好像突然间过得很慢,我都快要放弃了。

沿着摄政街走了几百米,有一条能转回皮卡迪利广场的小巷。从那条巷子里,Bob可以跑到任何地方,比如梅费尔区,甚至马路对面的圣·詹姆斯公园和海马克特街区。如果他真的跑到了那么远的地方,他肯定会迷路。

我几乎绝望了，把脑袋伸进小巷附近的一家女士服装店，打算碰碰运气。屋里有两位店员，正疑惑地往店面后头看。

听我说到"猫"这个字的时候，她们转过头来，脸上露出了笑容。

"一只姜黄色的猫吗？"其中的一位店员问。

"是的！他戴着一个项圈，拴着一根绳子。"

"他在后面。"她说着，示意我进来关上门。

"所以我们才关着门，"另一位说，"我们不想让他跑掉了。"

"我们看到了绳子，所以估计有人正在找他。"

她们把我带到一排打开的衣柜旁，里面满是好看的衣服。我看了一眼衣服上的价签，每一件的价格都比我一个月的收入还要高。在其中一个衣柜的角落里，我看见了缩成一团的Bob。

在刚才漫长的几分钟里，我开始想他是不是想离开我，也许他已经受够了，也许他不想再让我养他了。当我走近他时，我已经做好了他再次跑掉的心理准备。但是他没有动。

我尽量低声耳语："嗨，Bob，是我。"然后他立刻跳上了我的胳膊。

随着他发出深沉的呜呜声，不停地在我身上蹭来蹭去，我所有的担心都烟消云散了。

我摸着他说："伙计，你把我吓坏了。我还以为会失去你。"

那两位店员站在旁边看着,其中一位在擦眼睛,好像快要哭出来了。

"我非常高兴你找到了他。"她说,"他是一只非常可爱的猫。我们当时正在想,如果在打烊之前还没人来找他,该怎么办呢。"

她也摸了摸Bob。随后我们又聊了一会儿,直到她和她的同事锁上收银台准备关门打烊。

Bob坐回我肩上,我们准备回到皮卡迪利广场的人潮中。那两位店员和他告别道:"再见,Bob。"

当我们回到博物馆外时,我非常惊讶地发现我的吉他仍然在原地。也许是门边的保安或是当地的社区治安员一直在看着它吧。当时我们旁边正好有一个移动警亭,而且所有的保安和社区治安员都喜欢Bob。我很开心,但是也并不太在意,能找到Bob就已经让我很高兴了。

我赶紧收拾好东西,今晚的表演就到此为止了,虽然收入不多,但没关系。我掏出身上的大部分现金,买了一个小皮带夹别在身上,一头连着我,另一头系着Bob。这样,我们就能够一直拴在一起了。在公共汽车上时,Bob没有像往常那样坐在旁边的椅子上,而是趴在我腿上。他常常显得高深莫测,但现在我确切地知道他在想什么,因为我也在想着同样的事。我们又重逢了,希望我们再也不要分开。

Chapter 10
圣诞小猫

在皮卡迪利广场事件之后,我和Bob像绑在同一张皮筏上的幸存者一样,紧紧地守着对方。这次事件给我们俩带来了强烈的冲击。

我开始认真思考我们的友谊。有一段时间,我不断怀疑他逃走是想和我保持一定的距离。而我内心十分清楚,如果他想回到街上或是他原来的地方,我不仅不能阻止他,也不该阻止他。

我甚至想到,如果他再表现出想走的迹象,那我该怎么办。如果真是这样,我会在他彻底消失之前把他交给防止虐待动物协会或是毕特西犬猫收容中心(那里的猫舍很不错)。我不想成为他的看守,Bob是我的好朋友,我不能阻止他奔向自由。他不应该受到那样的对待。

但谢天谢地,这些都没有发生。

那次事件之后，有一两次 Bob 决定不跟我一起出去。当我早晨拿出牵引绳时，他要么躲在沙发后面，要么躲在桌子底下。

我随他去了。但是通常情况下，他还是乐于和我出门的。他的性格也有了些微的改变，我觉得他现在跟我更亲近，也更放松了。

皮卡迪利广场一事之后，他不再像过去那样容易被人群惊吓到了。这也许是因为外出时我会把他的绳子系在腰带上，我们贴得更近了。但我认为是我们的关系更亲密了的缘故。我们已经经受住了考验，挺过来了。我觉得现在他比以前更愿意留在我身边了。

当然，并不是每件事都称心如意，在伦敦的街上讨生活，你时不时就会被吓一跳。在皮卡迪利广场事件发生几周后，科芬公园里一群踩着高跷的街头艺人从我们身边走过。他们是传统的法国表演者，脸上画得花里胡哨，很可怕。

他们在我们头顶上方走来走去，Bob 马上感觉到了不安，与我挨得更近了。我本想专注地唱歌，但当我准备弹吉他的时候，他把尾巴放在了指板上。

"挪开，Bob。"我说。然后又朝停下来听的游客说了声"对不起"。

"真有趣！"他们笑了，还以为这是表演的一部分，就好像我能轻易指使 Bob 做出这番动作一样。

踩高跷的艺人走过去之后，Bob 又放松下来坐到

旁边去了。他知道我是他的"安全网",当然,我也乐于保护他。

临近2007年圣诞节,我们俩要一起迎接跨年了,生活也已经形成了规律。每天早晨我起床时,就能发现Bob在厨房的碗旁耐心地等着。他先是狼吞虎咽地吃完早饭,然后仔细地把爪子和脸舔干净。他还是不愿在房间内方便,所以大多数早晨我都会带他到楼下,有时也会把他放出去自己方便。他会自己下楼再上来,没有任何问题。一切准备就绪后,我会收拾好背包,拿起吉他,和他一起去市里。

离圣诞节只有几天时间了,科芬公园的人越来越多,给Bob送小礼物的人也越来越多。似乎从很久之前开始,人们就习惯了给他带些小礼物。

第一份礼物来自在詹姆斯街附近工作的一位中年女士,她常会停下来和我们聊天。她说多年前自己也养过一只姜黄色的猫,Bob让她想起了那只猫。

一天晚上,她来的时候脸上挂着大大的微笑,手里拿着一个高级宠物商店的漂亮袋子。"我希望你不要介意,我给Bob买了个小礼物。"

"当然不会。"我说。

"也不是多贵的东西。"她边说边掏出了一个老鼠填充玩具。

"里面装的是猫薄荷,"她笑着说,"别担心,装得并不多。"

我心里还是觉得有些别扭,毕竟猫薄荷会让猫上瘾。我读过很多文章,知道猫一看到这个会有多兴奋。让我自己走回正轨已经很艰难了,我不希望Bob也染上这样的恶习。

但她太好心了,我不忍心让她失望,因此便收下了。她待了一小会儿,高兴地看着Bob玩她买的玩具。

随着天气越来越冷,人们也开始给Bob送一些更实际的礼物。

一天,一位美丽的俄罗斯女士笑着走过来。

"希望你别介意,天气越来越冷了,我想该给Bob织些东西保暖。"她说着从包里拿出了一条漂亮的淡蓝色针织围巾。

"哇,"我大吃一惊,"太漂亮了。"

我马上把它围在Bob的脖子上,大小刚合适,看起来棒极了。那位俄罗斯女士非常高兴。一两周后,她又来了,拿着一件与围巾相配的蓝色马甲。我不是时尚专家,相信所有认识我的人都会同意这一点,但是就连我也能感觉到Bob穿上后特别帅气。人们很快就围过来拍Bob穿着马甲的照片。当时我真应该收费,那肯定能大赚一笔。

从那以后,至少有六七个人(当然都是女士)给

Chapter 10 圣诞小猫

Bob送衣服，她们给Bob织了各式各样的衣服。

一位女士甚至在她为Bob做的一条小围巾上绣上了"Bob"的字样。Bob成了一个时装模特儿。他经常穿着各位好心人为他创造出来的各种新奇玩意儿。他给"猫步"这个词赋予了新的含义。

这些都再次印证了我已经意识到的东西：我不是唯一一个喜爱Bob的人，他几乎能跟遇到的所有人交上朋友。这是我梦寐以求的天赋，原来与人交流能够如此容易。

没人比我的前女友贝尔更喜欢Bob。我们还是好朋友，关系甚至比交往时更亲近。她经常会来我家坐坐，一方面是出来逛逛，顺便来看看我，另一方面也是为了看Bob。

贝尔和Bob能在沙发上玩几小时，Bob也很喜欢贝尔。

在圣诞节前三个星期，贝尔过来了，脸上挂着灿烂的笑容，手里拿着一只塑料购物袋。

"那里面装的是什么？"我问道，察觉到她想要说点什么。

她逗我说："这不是给你的，是给Bob的。"

Bob坐在暖气下面，一听到自己的名字就活跃了起来。

"Bob，过来，我要给你一个惊喜。"贝尔边说边拿着购物袋坐在了沙发上。Bob好奇地走了过来。

贝尔从袋子里拿出了几件动物穿的小T恤，其中一件上面有一个可爱的小猫图案，另外一件红色T恤上印着绿色装饰，上面还写着"圣诞小猫"几个白色大字，字下面是一只大爪印。

"噢，这真酷啊，对吧，Bob？"我笑着说，"现在是圣诞节，穿上它去科芬公园正合适。人们看到你都会高兴的。"

确实是这样。

我不知道是因为圣诞节的气氛，抑或仅仅是看到Bob穿着这件衣服的缘故，总之效果确实很不错。

几乎每隔一会儿就会有人说："啊，看，它是圣诞小猫。"

许多人都停下来，往我的吉他盒里扔几块钱。还有人想给Bob小礼物。

有一次，一位非常时髦的女士停下来跟Bob说话。

"他漂亮极了，"她说，"他想要一个什么样的圣诞节？"

"我不知道，夫人。"我答道。

"嗯，这么说吧，他需要什么？"她说。

"他需要一套换洗的背带，或者是大冷天能让他保暖的东西，或者一些玩具。每个男孩子都喜欢在圣诞节得到玩具。"

"好极了。"她说完后站起身离开了。

我没想太多，但是后来，大约一小时后，那位女

士又出现了。她微笑着,手里拿着一双手工编织的袜子,前面做成了猫的样子。我往里瞧了瞧,发现里面塞满了各种礼物:食物、玩具,还有其他小玩意儿。

她说:"你一定要答应我,直到圣诞节才能打开,把它放在圣诞树下在圣诞节早晨再打开。"

我不好意思告诉她,我买不起圣诞树或其他任何装饰品放在家里。我能搞到的最好的装饰品就是一棵最近从慈善商店里找到的 USB 圣诞树,可以插到淘来的破旧游戏机上。

但是随后我意识到这位女士是对的,我应该好好过一次圣诞节,我需要庆祝一下,因为我有 Bob。

我之所以对圣诞节无感,是因为这些年我从未认真过节。我曾经是一个很害怕过圣诞节的人。

在过去十年里,我的大部分圣诞节都是在诸如收容所之类的地方度过的,那里会给无家可归者提供圣诞午餐,很有意义,我在那里也会笑一两声。但是这仅仅会让我想起自己所没有的东西:一个正常的生活和一个正常的家庭。这也会让我想到我已经把自己的生活搞得一团糟。

有一两次我是独自一人过圣诞节,试图忘记我的家人在地球的另一端。当然,只是一部分家人。还有几次,我是和父亲一起过的。那是我流落街头的第一年,有时我会给他打个电话,他也会邀请我去伦敦南部的家中做客。但我们相处得很不好,他对我并不在意。我也不怪他,我的确不是一个能让他引以为豪的儿子。

我很期待能有一顿美味的午餐,之后还能喝几杯,最重要的是有人陪伴。只是结果并不是很成功,此后我们再也没有一起过圣诞节。

今年与以往完全不同。平安夜我邀请了贝尔过来喝酒。圣诞节当天,我奢侈了一回,买了一份现成的火鸡大餐,还有其他各种各样的配菜。我没什么做饭的炊具,即便有也不大会用。我给Bob准备了一些非常好吃的东西,包括他最喜欢吃的鸡肉。

圣诞节早上,我们早早起来,出门散了会儿步,顺便让Bob去方便。街上有很多人从其他地方来看亲戚朋友。我们笑着互道:"圣诞快乐!"

我已经很长一段时间都没有这样的经历了。

回到家中,我把那个装满礼物的袜子给了Bob。他已经盯这只袜子好几天了,大概猜到了那是自己的礼物。

我把里面的东西一件一件拿出来,有各种各样的食物、玩具、球类和一些装有猫薄荷的布玩具。他非常喜欢,很快就玩起了新玩具,就像一个圣诞节早晨激动不已的孩子一样,非常可爱。

下午我很早就开始做晚饭,然后给我们每个人都戴上了一顶圣诞帽,此后直到晚上,我们都在喝啤酒、看电视。这是我多年来过得最好的一个圣诞节。

Chapter 11
蒙冤被捕

2008年春夏之际，在伦敦大街上卖艺已经变得越来越难了。经济衰退让人痛苦，人们也不再慷慨。

导致这种情况的原因有很多。有人认为经济不会影响街头艺人，但实际情况并非如此。现在看来，那时经济衰退才刚刚开始，却已经给我们这样的人造成了很大的打击。那些过去愿意给我和Bob扔下一两块钱的好心人现在都紧紧捂住了钱包。还有一两个相熟的客人告诉我，他们害怕自己会丢掉工作。我不能责怪他们，于是只能工作更长时间，赚更少的钱来保证我俩的温饱。

这样下去也勉强可以应付，但严重的问题是当局开始严厉打击像我这样在错误的地方卖艺的街头艺人。我不清楚他们为什么要这样做，尤其是在这种时候，但我知道自己真的遇到了麻烦。

大多数"科芬公园卫兵"都很通情达理,只有个别较真儿的人会找我的麻烦,整体来看他们从未真正苛责过我。但即便是这样的人,也开始用没收的方式对待那些不听劝告的卖艺人了。我觉得这倒不是因为他们获得了什么新权力,而是有人要求他们管得更加严格。

他们之中也出现了一些新面孔,其中有个家伙好几次威胁我要没收我的吉他。我只能说我会去规定地点卖艺,或是今后不会再来。大概半小时后,我再从某个角落偷偷溜回来。

这是一场持久的躲猫猫游戏,但我几乎无处藏身。新来的"卫兵"似乎对我的行踪了如指掌,我常会被他们逮到,不是被轰走就是被教训一顿,这让我感到很疲惫。可能我卖艺的日子就要到头了。当年五月,压死骆驼的最后一根稻草出现了。

卖艺越发艰难还有另一个原因,那就是科芬公园地铁站的工作人员。这个片区的气氛越来越紧张了。他们不让我在这里卖艺,派出大批检票员在出站口之间巡逻,经常对我出言不逊。我真不知道他们为什么要这样做。

我能应付这些,毕竟已经习惯了。但是他们肯定一起讨论过我的问题,决定集体对付我。他们威胁要叫交警过来找我的麻烦,好像我身上的麻烦还不够多似的。而我应对他们的方法都差不多:我会偷偷溜走

并保证自己不会再来，等他们走后再偷偷溜回来。我看不出在这里卖艺会有什么问题，谁也没有因此而受到伤害，不是吗？

但是一切都在那个下午彻底改变了。

那一天，我像往常一样带着Bob去科芬公园。当时我的朋友迪伦住在我家里，他是我组建乐队时认识的朋友。迪伦刚刚被黑心的房东轰出来了，原因是他拒绝支付异常高额的房租。因此，他需要一个能暂住几星期的地方。我也有过同样的经历，自然无法拒绝他。于是，他在我家的沙发上安顿了下来。

Bob最初并不欢迎迪伦的到来，我猜他可能是担心自己会失宠。但后来他发现迪伦也是一个喜爱动物的人，他得到了更多的关爱，于是慢慢接受了迪伦。Bob其实非常看重自己是否受到关注。

那天下午，迪伦想跟我们一起去伦敦市里转转。那天天气不错，阳光明媚，他想去感受一下。我在詹姆斯街拐角做准备的时候，他正在一旁和Bob玩。现在回想起接下来发生的事，我都不敢相信我们当时多么幸运，幸亏迪伦在场。

当我好不容易把吉他盒子从肩上放下来时，一辆英国交警的警车迅速抵达，在人行道旁边停了下来。

三个交警从车里跳下向我走过来。"他们要干什么？"迪伦说。

"不知道。大概是例行盘问吧。"我说，希望自己可以像往常一样偷偷溜走。

但我错了。

"就是你，跟我们走一趟。"一个警察指着我说。

"为什么？"我说。

"我们怀疑你有危险行为，要逮捕你。"

"什么？危险行为？我不知道你们在说——"

话还没讲完，他们就抓住了我。其中一个警察向我宣读了我的权利，另外一个给我铐上了手铐。

"去警察局解释吧。收拾好你的破烂上车，别把事情搞得更糟。"

"我的猫怎么办？"我指着Bob。

"警察局里有狗笼，可以把他关在里面，"另一个警察说，"除非你想让别人看着他。"

我的脑袋一阵发蒙，不知道发生了什么事。但我一下看到了迪伦，他正躲在一旁局促不安，似乎不想卷进来。

"迪伦，你照顾一下Bob好吗？"我说，"把他带回家，钥匙在我的背包里。"

他点点头，开始往Bob那边移动。他把Bob抱了起来安抚着。但我能看到Bob脸上的表情，他明显被吓坏了。我一直透过警车后面的小窗户看着迪伦抱着

Bob站在街上，直到看不见为止。

车一路开到了警察局。我完全不明白到底发生了什么。

我在接待员面前站了好几分钟，他们让我清空所有口袋，问了我各种问题。之后我被带到一个单间，被告知在里面等警察。我待的这间小屋的墙上满是涂鸦，地面散发着尿液的味道，这一切都让过去糟糕的记忆如潮水般涌来。

此前我跟警察发生过口角，大部分是因为小偷小摸。

当你无家可归、吸食毒品的时候，你就会想着通过容易的方式来找点钱花。老实说，没什么比去超市顺手牵羊更容易的事了。我的主要问题就是偷肉。我会去偷羊腿和昂贵的牛排，比如吉米·奥利弗牛排、羊小腿、猪后腿等。我从不偷鸡肉，因为它太廉价了。我下手的都是最贵的食物，转手后能得到价签上五成的钱。如果有门路卖给酒吧的员工就太棒了。酒吧是销赃的好地方，这一点人人都知道。

我第一次下手是在2001年或2002年，当时是为了买毒品。在这之前，为了筹到吸毒的钱我一直在乞讨。再之前我已经开始了美沙酮戒毒疗程，所以当时我已经戒毒了，但搬进一家糟糕的收容所后，里面的所有人都在吸毒，于是我复吸了。

我记得第一次盗窃被抓的情形。我是在伊斯灵顿的玛莎百货被逮住的。一般我都会穿戴整齐，把头发梳好，装作是刚刚下班的邮递员在回家的路上买点儿零食或牛奶。人都容易被外表欺骗，所以你在这方面需要很小心。如果我背着帆布包或购物袋进去，那么肯定没有下手的机会，但是我有个皇家邮政的背包。当然背包现在已经变了，但当时只要挎上这样的包，没人会看你第二眼。

直到有一天我被抓住了，身上搜出了价值120英镑的肉。我被带到警察局，因为偷窃交了8英镑的罚款。但我很幸运，由于是第一次犯事，判罚不是很严厉。

当然，我没有收手。我染上的是毒瘾，所以只能去做这些事。我有时候吸海洛因，有时候也吸可卡因。为此我只能冒险，只能如此。

这是一种很糟糕的感受，但你唯一能做的只有忍受。当然，你也会坐在那里自怨自艾，但绝不会奋起改变。

一朝堕落，永难翻身。你试图编造谎言为自己开脱，但是人们不再相信你。当你做了坏事以后，这就是一个恶性循环。

这就是为什么我喜欢去卖艺。这是合法行为，我能保持自己走在正轨上。但现在我又惹上麻烦了，这种感觉就像是肚子上被踢了一脚。

我在警察局的拘留室里待了大约半小时后，门突然打开了，一个穿着白衬衫的警察把我带了出去。

"出来吧。"他说。

"你们要把我带到哪里去？"我问。

"你马上就知道了。"他说。

我被带进一间空荡荡的房间，里面只有几把塑料椅子和一张桌子。

我的面前坐着几个警察，看起来心不在焉的样子。这时，其中一人突然向我发问。

"昨天晚上6点半你在哪儿？"

"呃，在科芬公园卖艺。"我说。

"具体在哪里？"

"在詹姆斯街拐角，正对着地铁站出口。"我说的是实话。

"昨天晚上你有没有进过地铁站？"那个警察又问。

"没有，我从来没进去过，"我答道，"我都是坐公共汽车。"

"那为什么会有两个目击者说看见你进站，辱骂了一位女售票员，还向她吐了口水。"

"我完全不知道你在说什么。"我一脸茫然。

"他们看到你从地铁站的自动扶梯进入，试图无票通过闸机。"

"啊？我说了，那不可能是我。"我说。

"当你被拦住时，你辱骂了一位女性工作人员。"

我坐在那儿摇头，这真是咄咄怪事。

他继续说："你被带到售票处要求补票。你不情愿地买了张票，然后朝售票处的窗户上吐了口痰。"

此时我已经无法冷静了。

"你们听好，这都是胡扯！我说了，我昨天晚上没进地铁站。我从来没去过那儿，并且我也不坐地铁。我和我的猫每天都坐公共汽车。"

他们只是看着我，好像我在撒一个弥天大谎。

他们问我要不要写一份声明，于是我写了，解释了我整晚都在卖艺。我知道监控录像能证明我的说辞，但还是在内心深处产生了各种各样的怀疑。

如果这是一个陷阱该怎么办？如果他们修改了监控录像怎么办？如果我被指控跟三四个地铁站工作人员发生了争执该怎么办？

最糟糕的是，Bob怎么办？谁来照顾他？他会被关押吗？他会不会再次流落街头？那样的话他会变成什么样子？想到这些就让我头大。

他们继续关押了我两三小时，也许更久。我不知道几点了。屋内没有自然光，所以我也不清楚当时是白天还是晚上。不知过了多长时间，一个女警官走了进来，后面跟着一个板着脸的男警官。

她说："我要给你做一个DNA测试。"男警官走到

角落，抱胸站定盯着我。

"可以。"我无视了男警官回答道。这样做对我没什么损失。"我要做什么？"我向女警官问道。

"坐好，我要用棉签从你嘴里取一些唾液。"她说。

她拿出一个小箱子，里面装着棉签和试管。

我突然觉得自己像是在看牙医。

"张大嘴。"她说。

她把一根长长的棉签伸进我嘴里，在两侧刮了好一会儿。

"好了。"她把棉签放回试管，收拾好东西走了。

终于，我被放了出来，然后被带到警察局门口的桌子旁，在那儿签字领东西。我签了一张表格，表明自己现在处于保释状态，几天后还要再来一趟。

"什么时候我才能知道自己有没有被起诉？"我向一位负责的警察问道。本以为他不会告诉我，但意外的是，他说过几天再来的时候也许就有结果了。

"真的吗？"我说。

"差不多。"他回答。

我立刻判断出这个消息既是好事也是坏事。好的是不用等上好几个月，坏的是如果遭到起诉，我很快就要被关起来了。

我真的不敢想下去。

从警察局出来后,我来到漆黑的沃伦街上。无家可归的人已经开始在附近聚集,躲在各条小巷里。

已经快晚上十一点了。当我到七姊妹路地铁站时,街上满是酒吧丢出来的醉汉。

回到家后,我才长舒一口气。

迪伦正在看电视,而Bob像往常一样在暖气片下面缩成一团。我刚一进门,Bob就跳了起来,朝我跑过来,然后把脑袋歪向一边看着我。

"嗨,伙计,没事吧?"我跪下来摸着他。

他马上爬上我的膝盖,开始蹭我的脸。

迪伦走进厨房,很快又出来,手里拿着一听啤酒。

"这真是救命的东西,谢谢。"说着,我拉开易拉环灌了一大口冰啤酒。

我跟迪伦聊到很晚,试图搞清楚发生了什么事。我知道科芬公园地铁站的员工不喜欢我,但我觉得他们不至于为此诬陷我。

"伙计,他们没办法把那人的DNA变得跟你的一样。"迪伦安慰我说。

我希望如此。

那天晚上我时睡时醒。白天的经历给了我很大的冲击。我一直在安慰自己不会有事,但又很担心生活从此会来个糟糕的大转弯。我既无助又愤怒,而且非

常恐慌。

第二天，我决定和科芬公园保持一定的安全距离。我和Bob到尼尔街和托特纳姆法院路附近的好几个地方卖唱。但我的心思不在那里，而是始终在担心之后去警察局会发生什么。那天晚上，我依然没有睡好觉。

虽然要在中午去警察局报到，但是我早早就出发了，以防迟到。我不想给他们落下任何口实。我把Bob留在家里，以防自己再次被关上几小时。早餐的时候我吃着吐司来回踱步，Bob似乎也察觉到了我的焦虑，显得十分不安。

"别担心，伙计，要不了多久我就会回来的。"我走的时候如此安慰Bob。要是真的像我自己所说的那样就好了。

找警察局费了我不少时间，它坐落在托特纳姆法院路的后街。上次我是坐警车来的，离开时天又太黑，所以这次来肯定要找一会儿。

找到之后，我又在警察局里坐等了20分钟，我发现自己根本无法集中精力。最后，我被带到了一间房间里，一个男警官和一个年轻的女警官正等着我。

他们面前放着一沓文件，看着很是不妙。不知道他们有没有查过我的过往经历。上帝知道会有什么糟糕的丑事被挖了出来。

男警官先开口了，他说不会以威胁行为为名起诉我。我已经猜到了原因。

"我的DNA跟售票窗上唾沫的DNA不相符，对吧？"根据之前的话，我突然觉得自己有了询问的勇气。

他只是抿嘴笑着看了我一眼，没说话。但我明白，他什么都不必说了。肯定是地铁站的人想要诬陷我，只是失败了而已。

如果这是好消息的话，那么紧接着就是坏消息了。

女警官说，我会因非法卖唱而遭到指控，正式的说法叫"乞讨卖艺"。

他们给了我一张传票，告诉我一周后到法院应诉。

我离开警察局，感觉松了一口气。与威胁恐吓相比，非法卖艺不是那么严重。我有可能会交一小笔罚款，并且接受批评教育，但不会有其他问题。

威胁恐吓可就不同了，不同情况会有不同的惩处方式。我可能会遭到重罚，甚至可能会蹲监狱。

我也想讨回公道，毕竟往玻璃上吐口水的事和我没有一点儿关系。而且如果我坚持上诉，也许可以反告他们不正当拘捕。

但老实说，那天下午回家的路上我主要的感觉是自己没事了，翻过了一个坎儿。我依然不确定到底发生了什么。

开庭的这一关还是要过。我前往公民咨询中心，为庭审咨询一些法律建议。其实我早就应该来了，只是之前情况一团糟，根本没有想到。

由于我还在戒毒过程中，而且住的是庇护所，所以我有资格申请法律援助。但实际上，我并不想请律师在法庭上为自己辩护，我只想得到一些关于庭上发言的建议。

他们提供的建议非常直截了当，就是我需要表明对非法卖艺的愧疚之情，相当简单明了。我只需要跟着程序走就行，希望地方法官不要憎恨街头音乐家。

开庭当天，我换上一件干净的衬衫（遮住印着"极度不幸"标语的T恤），刮干净胡子，然后去了法院。等待区挤满了各种各样的人，有几个人看着面色不善，理着平头操着东欧口音，还有两个穿着灰西装的中年人因违章驾驶等待出庭。

"詹姆斯·波文，法庭传唤詹姆斯·波文先生。"一个圆润的声音喊着。我深吸了一口气，走了进去。

地方法官看着我，好像我是社会垃圾。但是根据法律，他们不能对我做什么，特别是这是我第一次因卖艺而获罪。

我获得了3个月的附条件释放处罚，没有罚款。

但他们讲得很清楚，如果我再犯，将会面临罚款或更严厉的处罚。

庭审结束后,我出来时看见贝尔和Bob在法庭外等我。Bob马上从贝尔的腿上跳下来,朝我跑过来。他没有表现出太夸张的情绪,但明显很高兴看到我。

"怎么样?"贝尔问我。

"3个月的附条件释放,如果再被抓的话,就要接受处罚了。"我说。

"那你接下来怎么办?"她说。

我看着她,然后低头看看Bob,心里已经清楚地知道了答案。

这条路已经走到了尽头,我大概断断续续卖艺快十年了。时代变了,自从Bob来了之后我的生活也变了。我不可能一直卖艺,这一点我越来越清楚。有时候卖艺的钱甚至不够我们糊口,而且环境对我和Bob(尤其是Bob)十分不利。如今情况更加糟糕了,如果我继续在非指定地点卖艺,很可能会遭受牢狱之灾,这太不值得了。

"我不知道,贝尔。但可以肯定的是,我不能再卖艺了。"

Chapter 12
第 683 号销售员

接下来的几天，我的脑袋都很晕，感到多种情绪交织在一起。

首先，我依然对发生在我身上的不公平事件感到很生气。仅仅因为一小撮人捣乱，我就失去了生计。但是与此同时，我也意识到自己是因祸得福。

我心里很清楚自己不能终生卖艺。我不可能一辈子都在街角唱约翰尼·卡什或绿洲乐队的歌。单靠吉他也不可能让我完全戒毒。我感到自己正站在人生的十字路口上，可以彻底与自己的过去告别。这种机会之前就出现过，但这么多年来，我第一次觉得自己准备好了。

当然，理想总是美好的。我知道现实很残酷：我的选择非常有限。我该怎么挣钱呢？估计没人会给我工作的机会。

这并不是因为我很笨,我知道这一点。感谢少年时期在澳大利亚IT行业工作的经历,我很擅长学习和电脑相关的知识。我经常会借用朋友的笔记本或当地图书馆的免费电脑自学一些东西。但是在英国,我没有任何推荐人,也没有相关工作经验。如果有雇主问我过去十年都在做什么,我也不能回答有为谷歌或者微软工作的经历。因此我只能另想别的办法。

即便是申请电脑技术培训班也没有希望,他们不会接收我的。我是个还在戒毒的人,住在庇护所里,甚至初中都没有毕业。他们连看都不会多看我一眼。总之,当我需要找一份普通工作的时候,毫无机会,无论什么样的普通工作都找不到。

我很快意识到自己只有一个选择。毕竟我没办法等着机会从天而降,我需要挣钱养活自己和Bob。因此,在庭审结束几天后,我带着Bob一起去了科芬公园,这几年来第一次没有带着吉他。来到广场后,我去找了一个名叫萨姆的女孩,她是《大志》(*Big Issue*)杂志的销售协调员。

1998—1999年,我曾试过卖《大志》杂志。当时我第一次露宿街头,努力通过了审核,在查令十字街和特拉法加广场工作。但我卖了不到一年,最终放弃了。

我仍然记得卖杂志是多么困难。

在我努力卖《大志》杂志的时候,不少人都会冲

我喊："去找一份像样的工作！"这让我很难过，他们没有意识到卖杂志就是一份像样的工作。作为《大志》的销售员，你就是在做自己的小生意。卖杂志也需要资金周转。每天来到协调员面前，兜里总要有几块钱来批发杂志。"你必须先有钱，才能挣到钱。"这句话对《大志》杂志的销售员和其他任何人都有着同样的含义。

很多人认为这完全是慈善工作，杂志都是免费提供给销售员的。但实际上并不是这样。如果真是如此，销售员肯定会卖得更多。《大志》的哲学是"助人自助"。只是当时我不确定自己需不需要帮助，我还没有做好准备。

我还记得自己风餐露宿地坐在街头，用甜言蜜语诱惑人们掏钱买杂志。考虑到当时我还受着毒品的控制，那份工作并不好做。最终的结果不是一顿辱骂，就是拳打脚踢。

那时之所以如此艰难，是因为我是"隐形人"，多数人都不会为我停留，确切地说他们会尽可能离我远一点儿。所以之后我才又回去卖艺了，至少那样能用音乐吸引人们的注意力，表明我是个活着的、会呼吸的人。当然，大多数人还是无视了我。

如果不是为了Bob，我决不会考虑回去卖《大志》。他在街上表现得非常棒，既改变了我的命运，也改变了我的生活态度。如果我们卖《大志》能像卖艺一样广受欢迎的话，也许生活可以前进一大步。眼下只剩一个问题：要先让他们再接受我。

我在《大志》杂志的分发点找到了萨姆，就在科芬公园主广场旁边的一条街上。那里站着几个男性供货商，其中有一两张熟面孔。有个叫史蒂夫的是送杂志的司机，周一新杂志上市的时候会过来，我在附近见过他。

我们在科芬公园碰到过几次，但彼此都很警惕。我能明显地感到他不喜欢我，但是无所谓，我不是来找他而是来找萨姆的。

"你们好，两位。"萨姆认出了我们，并且友好地拍了拍Bob，"今天不卖艺吗？"

"警察找了点儿麻烦，"我说，"我现在不能再冒险了，因为我需要照顾Bob，对吧，美女？"

"是啊。"萨姆脸上立刻浮现出了然的表情。

"所以，我犹豫了很久，想问问——"

萨姆笑着说："你符合标准吗？"

"哦，是的，我符合。"只有一个像我这样接受短期安置的人才有资格卖这份杂志。

萨姆说："你需要走一些流程，《大志》杂志总部在沃克斯霍尔，去那儿找他们就行。"

"好的。"

"你知道总部的位置吗？"她拿出一张名片。

"不太清楚。"我只记得多年前曾在某个地方签

过字。

"坐车去沃克斯霍尔，在火车站旁边下车。过马路后没多远就能看到河边的总部。"她说，"一旦你被录用了，就来这儿，然后我们就能让你上岗了。"

我收下卡片，在回家路上对 Bob 说："我们最好准备一下，Bob。我们将要参加一场面试了。"

去杂志社前，我还需要一些纸质材料，于是第二天我去见了社工。其实我应该常去向她报到的。我向她解释了最近在警察局发生的事情之后，她很开心地给我开了一份证明，证明我接受了短期安置，而销售《大志》杂志能够更好地帮助我的生活再次回到正轨。

接着，我自我修饰了一番，扎起了头发，穿了一件得体的衬衫，带好需要的东西，然后去了沃克斯霍尔。

我把 Bob 也带上了。他在卖艺时帮了我大忙，也许卖杂志时也会帮助我。Bob 就是我团队的一分子，所以如果可能，我想让他也获得注册资格。

《大志》杂志社总部在南泰晤士河边一栋不起眼的楼里，离沃克斯霍尔桥和军情六处大楼不远。

当我来到总部时，首先注意到接待处一个醒目的标志上写着"禁止狗入内"。看来这里曾经允许狗进入，但因为狗打架最终禁止了。然而，上面并没有说猫不得入内。

填了一些表格后，我在座位上等了一会儿，之后有人叫我去办公室面试。面试官是一位看起来很亲切的男士，聊了一会儿后我才知道几年前他也曾经露宿街头，后来通过卖《大志》重新起步，回归了正常生活。

我介绍了自己的情况后，他表示非常同情。

他说："詹姆斯，相信我，我知道那是一种什么滋味。"

在拿到证件之前，我又去了另一间办公室。

我需要拍张照片，它会和我的编号一起压在上岗证的塑封下面。我问正在制作上岗证的员工，能不能给Bob也来一张。

"抱歉，"他摇了摇头，"宠物不能持上岗证。我们之前给狗发过，但还从没有给猫发过。"

"那我能带他一起照相吗？"我问。

他做了一个鬼脸，大发慈悲。

"好吧。"他说。

当我们坐在照相机前时，我说："笑一个，Bob。"

等待照片冲洗的时候，他又办了一些其他登记手续。成为《大志》销售员后，你会得到一个随机编号。这个号码不是按顺序排列的，因为如果按顺序排列，也许号码现在已经上千了。很多曾经获得销售资格的人早已不见了踪影，如果某个人没有按时出现，那么号码将被收回。他们必须这样做。

等了一刻钟之后，那位男士回到了办公桌前。

他递给我一张覆膜的上岗证："拿去吧，波文

先生。"

照片里的我笑得非常开心，Bob 就在我左手边，我们是一个团队：《大志》杂志第 683 号销售员。

回托特纳姆的路途很遥远，要坐两趟车，因此我在路上翻他们发给我的小册子来打发时间。十年前我读过类似的东西，但如今已经记不清了。实事求是地说，当时我并没有认真对待这份工作。那时我经常处于神志不清的状态。这次，我决定比上一次更加认真地对待这份工作。

介绍从杂志创办的初衷讲起：

"《大志》杂志是为了给无家可归者和短期安置者工作机会，通过向公众销售杂志以挣到合法收入而创办的。我们相信'授人以鱼，不如授人以渔'，并且希望人们自主掌握自己的命运。"

我对自己说："这正是我想要的，'授人以渔'。"这次我会好好做。

接下来册子讲到，我将会经历一段实习期，熟悉行为守则。一开始，我必须在一个"试卖摊位"销售，那里有管理人员监督并提供帮助。

如果卖得不错，我就能获得一个固定销售点，并且得到10本免费杂志，开始试卖。接下来一切都要靠自己了，一旦卖出了这些杂志，就能够有余钱购买更多的杂志。一份杂志的进价是1英镑，售价则是2英镑，因此每卖出一份杂志就能挣到1英镑。

守则上还写道，每名销售员都是《大志》的雇员。"未卖掉的杂志将不予收回，因此每个人都必须认真考虑他们的销售和回款。这些技能以及通过销售杂志而获得的自信和自尊，对于帮助无家可归者重新回归主流社会是极其重要的。"

账很容易算清，但很快我就发现，实际远不止这么简单。

第二天我来到科芬公园，见到了协调员萨姆。她很乐意为我做"介绍"。

"在沃克斯霍尔一切都顺利吗？"看到我和Bob向她走来，她问道。

"应该没问题了，他们给了我这个东西。"我笑着，自豪地从外套里拿出了我塑封的上岗证。

萨姆看到我和Bob的照片，笑着说："太好了。那么我就要让你开工了。"

她拿出10本属于我的免费杂志。

"给你。"她说,"你知道这些杂志卖完之后就需要自己掏钱买了吧?"

"是的,明白。"我答道。

之后她看了看表格。

"让我看看把你安排在哪里合适。"她略带歉意地说。

过了一会儿,她似乎下定了决心。

"决定了吗?"我跃跃欲试地问。

"是的。"萨姆说。她接下来说的话让我不敢相信。

"你的试卖摊位就在那儿。"她指着科芬公园地铁站说,那个位置就在詹姆斯街几米之外。

我忍不住大笑起来。

她疑惑地看着我:"有什么问题吗?我可以给你换个地方。"

"不,那儿挺好,"我说,"让我找回了往昔的记忆。我马上就开工。"

我没有浪费时间,立刻就出发了。那会儿是上午,虽然比我平时卖艺的时间还要早,但是周围有很多人,多数是游客。而且阳光明媚的天气也使得人们情绪上佳,出手也更加大方。

想要获得当局的卖艺许可总是很艰难。而卖杂志跟卖艺完全不同,我有合法的上岗证,因此我尽可能地靠近地铁站,就差没走进去了。

我忍不住朝里面看,不知能不能看到当初找我麻烦的检票员。果然，我看到了那个体形壮硕、满身是汗的家伙。他一时还没发现我，不过迟早会看到。

与此同时，我开始全力卖我的10本《大志》。

我想："地铁站的工作人员不能找我的麻烦了，即使他们想找麻烦也不行。"

我知道他们让我来这儿试卖，是因为对普通销售员来说，这是一个噩梦般的地点。地铁站出口可不是个卖东西的好地方。进出地铁站的每个人都脚步匆匆，因为他们需要赶往某地或见某个人。通常，一个《大志》杂志销售员能够在一千个从他面前经过的人中拦下一个就很不错了。这是个吃力不讨好的工作。在街对面卖艺的时候，我曾经亲眼看见过许多销售员试图抓住人们的注意力却纷纷失败的过程。

但是，我不是一名普通的《大志》销售员，我有一个秘密武器，他已经在科芬公园施展过法术了，接下来他将要在这儿施法。

我把Bob放在地上，紧挨着我，他可以在那儿安心地坐着，看着周围的一切。许多人急匆匆地走过，他们打着电话或是从口袋里翻车票，并没有注意到Bob，但是注意到他的人也不少。

很快，几个年轻的美国游客停下来，指着Bob。

"啊哈！"他们中的一个女孩说着就伸手去拿相机。

"我们能给你的猫拍张照片吗？"另外一个人问。

我为他们礼貌的询问而感到高兴："当然可以。你们能顺便买一本《大志》杂志吗？这将让Bob和我今晚填饱肚子。"

"哦，没问题。"第二个女孩说，看起来有些不好意思，因为她们没有想到这一点。

"如果你们不愿意也没关系，这不是强制性的。"我说。

但是我还没来得及说其他的，她就已经给了我5英镑。

"哦，我不知道有没有零钱找你，我刚刚开张。"我慌张地说。很多人会认为《大志》销售员都会这么说，但我现在兜里真的没有钱。我把零钱都翻出来数了数，大概连1英镑都不到，我把这些递给她。

"不用找了，给你的猫买点儿好吃的。"她笑着说。

美国女孩刚走，另一拨游客又来了，这次是德国人。他们逗了一会儿Bob，但没有买杂志，不过这没关系。

我知道自己卖掉10本杂志不是问题。不仅如此，我觉得应该在收工时回到萨姆那里再囤一些杂志。

才一小时，我就卖出了6本杂志。大部分人都按照售价付了钱，但是一位打扮时髦的年长绅士直接给了5英镑。我知道自己的决定是正确的，即使今后的路将会起起伏伏，我仍感觉到自己已经朝新的人生道路迈进了一大步。

今天的运气已经很不错了。两个半小时后，一件让我心情更好的事情发生了。此时我手里仅剩两本杂志。站内突然骚动起来，一小撮伦敦地铁的工作人员突然出现在我面前的空地上。他们似乎商量好了，其中一两个人还拿着无线对讲机。

我不禁回想起最近发生的事。不知这次是怎么了，又有哪个可怜的倒霉蛋要被诬陷。

混乱的场面很快平息了，那个体格壮硕、浑身流汗、总是找我麻烦的地铁站票务员看见了Bob和我，马上朝我们这边走过来。

他看起来十分恼怒，脸上红得跟甜菜根一样。人们常说复仇是一道冷菜，所以我打算保持冷静。

"你在这儿干什么？"他吼着，"我还以为你已经被关起来了。你知道这儿不能待。"

我什么都没说，缓慢而从容不迫地拿出了《大志》杂志的上岗证。

"我只是在工作，伙计，"我边说边欣赏着他脸上的表情，"我建议你回到自己的工作岗位上去。"

Chapter 13
完美的销售点

　　我没有做过多少正确的选择。在过去的十年里,我浪费了许多机会。然而成为《大志》销售员仅仅几天,我就确定自己做出了正确的选择。

　　这份工作对我和 Bob 的生活产生了立竿见影的影响,它使得我们的生活更有规律。我有了一份从周一到周五(实际甚至是到周六)的正经工作。

　　前两周的星期一到星期六,Bob 和我都在科芬公园工作,我们待在那里直到卖完一批杂志。接着,每个星期一早晨,新的一期杂志会再送过来。

　　我们上午就要到岗,一般会工作到傍晚七点左右。卖完这一批才会离开。

　　跟 Bob 在一起让我懂得了关于责任的意义,但是为《大志》杂志工作让我对这个意义的理解提升到了一个新的水平。如果不负责任就挣不到钱。如果挣不到钱，我和 Bob 就没饭吃。所以从最初的半个月开始，我就不得不像做生意一样经营自己的销售点。

对于一个浑浑噩噩十年的人来说，这是一个巨大的进步。我不擅长算账，赚到的钱仅仅可以糊口度日。所以这次我应付新需求的方式让自己都感到惊讶。

当然也有生意不好的时候，这是肯定的。《大志》杂志没有卖不完无条件回收一说。这就意味着，如果你买了太多的杂志，可能会损失惨重。没人愿意在星期六晚上时手里还囤积着 50 本杂志，因为星期一新的一期杂志就出版了。但是如果你买的杂志太少，就有可能会因为过快销售一空而失去潜在的买家。从理论上来讲，这和经营一家大商场没什么区别。

还有一点就是，每期杂志的质量也有巨大的差异。有时内容很有趣，有时又很无聊，尤其是封面没有知名电影明星或摇滚明星的时候，杂志很难卖出去。

这需要一段时间来找到平衡点。

在试着销售《大志》的这段时间内，我仍然过着糊口度日的生活。周一到周六晚上挣到的钱会在下个周一彻底消失。在最初的几周里，每周一我的兜里就只剩几块钱。如果能看到萨姆，我会求她先给我 10 本杂志，等我挣到钱马上还给她。只要是信任的销售员她都会帮忙，在我异常窘迫的时候，她帮过我一两次，几小时后我就把钱还给了她。我知道垫付杂志钱的并不是《大志》，而是她本人，这样才对其他人公平。

等把手里的这些杂志全都卖完,我才能还清欠款并且买进新杂志。钱只能这样慢慢积攒。

Bob 和我实际上挣得比卖艺的时候更少,但工作稳定下来之后,我认为这是值得的。我现在在街头合法工作,这是一个巨大的变化。如果被警察拦住,我可以出示我的上岗证,然后平安无事地走开。从那次被交警逮住之后,这对我来说意味着很多。

接下来的几个月我们一直在地铁站外卖杂志,时间过得飞快。这份工作和卖艺有很多相似之处。我们的目标客户包括中老年女性、成群的女学生、同性恋,当然还有各式各样的过路人。

2008年初秋的一个早晨,一个衣着光鲜华丽的家伙走了过来。他有一头漂白的金发,穿着牛仔裤和牛仔靴,我能看得出他穿的皮夹克和裤子都价格不菲。我肯定他是一个美国摇滚明星,而他看起来的确像某个明星。

他从旁边走过,一眼就看到了 Bob,然后停下脚步笑了起来。

"这猫真酷。"他带着一种大西洋彼岸的口音。

他看着确实很眼熟,但我死活想不起他的名字。我特别想问问他是谁,但那样太失礼了。幸好我最后没有问。

他蹲着摸了 Bob 几分钟。

"你们俩在一起很长时间了吗?"他问。

"呃，天哪，让我想想。"我算了算说道，"我们是去年春天走到一起的，到现在差不多有一年半了。"

他笑着说："酷，你们俩看起来真像一对亲兄弟。就好像你们注定要属于彼此。"

"谢谢。"我回答，同时极度想知道他到底是谁。

还没等我开口，他就站起身来看了看表。

"我得走了，回见。"他把手伸进夹克的口袋里，拿出一团纸币，递给我10美元。

"不用找了，"他看我浑身摸零钱便说道，"祝你们有美好的一天。"

"我们会的。"我答应他，这天我们确实过得很不错。

如今我在地铁站外合法工作了，这是一个巨大的变化。有几次我在地铁站里看到了熟悉的面孔，其中一两个人对我做出挑衅的表情，但我无视了他们。其他员工对我都不错，他们知道我是在做正经工作，只要我不去骚扰别人，他们就不会管。

我和Bob也不可避免地得到了附近其他《大志》销售员的关注。

我还没有天真到认为在街头工作总是充满甜蜜和阳光的。在街上讨生活才不会这样美好，那儿不是一

个互相照顾的"社区",而是一个人人都争当第一的"世界"。但是,至少一开始,绝大多数《大志》杂志的销售员看到我这个新人的肩膀上坐着Bob时,都会表现得很客气。

街上有很多销售员带着狗,其中有一两个很有名气。但是就我所注意到的,科芬公园——或者伦敦的其他地方——此前从没有一名《大志》销售员会带着猫。

一些销售员对我们相当友好。他们会过来逗Bob,问我们是怎么认识的、有什么来历。

当然,我依然不知道这个问题的答案。Bob就像一张白纸一样,是一只神秘的小猫。他似乎总能让每个人都喜爱他。

当然,人们对我并没有兴趣。每天看到我们的第一句话总是:"Bob今天还好吗?"从没有人会问我过得怎么样。不过没关系,这是意料之中的事。我知道这种融洽不会长久,在街上讨生活从来都如此。

因为有Bob在身边,我发现情形好的时候可以销售30本杂志,有时甚至能达到50本。根据杂志社的定价每本2英镑来计算,总收入很可观,特别是有些人还会给我(也许通常是给Bob)小费。

一个初秋的傍晚,Bob坐在我的背包上,尽情地享受着当天的最后一缕阳光。此时，一对穿着考究的情侣路过地铁站。根据他们的着装，我猜他们是要去剧院或歌剧院。男士穿着晚礼服，打领结；女士穿着一条黑色丝质连衣裙。

当他们停下来盯着Bob看的时候，我说："你们俩看起来非常时尚。"

那位女士笑了笑，男士则无视我。

女士说："他真漂亮。你们在一起很长时间了吗？"

我答道："有一段时间了。我们是在大街上遇到了彼此。"

"真不错。"那位男士说着，突然掏出钱包，拿出一张20英镑的纸币。

还没等我把手伸进兜里找零钱，他就向我挥挥手说："不用找了。"随后笑着看身边的女伴。

女士意味深长地看着他。我猜他们是初次约会，她明显对这一阔绰的举动很有好感。

他们离开的时候，我注意到那位女士斜靠在男士身上，挽着他的胳膊。

这是不是真币我都不在意了，要知道这是第一次有人给我20英镑。

为期两周的试卖接近尾声。我发现科芬公园地铁站非但不是一个"噩梦般"的销售点，而且对我和Bob来说实际上是一个理想地点。所以两周的试用期结束后，萨姆要把我们挪去固定的销售点时，我有些

失望。

但是我并不感到惊讶。《大志》销售员群体有一个特点,大家互相都知道对方卖得好不好。每个人都能从协调员的表格上查到别人进了多少杂志。你可以看到有谁在成捆地购买杂志,也能看到他们究竟卖了多少。在试用的半个月里,他们都看到我买了很多杂志。

我明显获得了许多销售员的关注。第二个星期,我注意到他们对我们的态度发生了一些微妙但明显的变化。

在我们两周的试用期结束后,萨姆说我们俩该去另一个销售点了。新位置离车站不远,在尼尔街和修士花园的转角处,一家名为"尺寸"的鞋店外面。

我有一种明显的感觉,虽然我和Bob把"噩梦般"的销售点经营得很好,但其他销售员并不会对我们表现出善意。不过这一次我什么都没说,坦然接受了。我对自己说:"直面挑战,詹姆斯。"

Chapter 14
身体不适

那年的秋天寒冷潮湿,凄风冷雨很快就将树上的叶子扫光了。一天早晨,Bob和我去公共汽车站的路上时,太阳不见了踪影,天上下起了蒙蒙细雨。

Bob并不喜欢下雨。他似乎昏昏欲睡,在以慢动作行走。"也许他在犹豫今天是否要跟我一起去。"我心想,"大概传说是真的,猫可以从空气里感知天气。"我抬头看了看天,一大片黑压压的乌云在伦敦北部上空徘徊,就像一艘大型外星飞船一样。大概一整天都会是这个样子了,我几乎可以肯定将有一场大雨。也许Bob是对的,我们应该转头回去。但是周末快要到了,而我们手头的钱不够度过周末。于是我对自己说:"要饭的哪能挑肥拣瘦?"试着给自己打气。

我从来都不喜欢在伦敦街头讨生活,但今天似乎比往常更加艰难。

Bob仍然在以龟速前进，我们花了两分钟才走了100米。

"来吧，伙计，上来。"我转过身，让他跳上老位置。

他爬上我的肩膀，我们穿过托特纳姆高速公路，吃力地去赶公共汽车。雨越来越大了，豆大的雨点在人行道上飞溅。每个经过的棚子都是我们的躲雨处，这时Bob看上去精神还不错。但是我们上车后，我突然意识到Bob精神萎靡不振似乎不仅仅是因为天气。

坐公共汽车通常是Bob一天中非常喜欢的事情之一。他好奇心很旺盛，在他眼中世界充满了无穷无尽的新奇东西。无论我们坐多少次车，他都不厌其烦地把脸贴上车窗玻璃。但是今天，他甚至都不想坐在靠窗的位子，这并不是因为雨帘稠密、窗户模糊不清。相反，他在我腿上缩成一团。他看起来有点儿累，无精打采、昏昏欲睡，眼睛已经半闭了，明显不像往常的敏捷状态。

当我们沿着尼尔街行走时，他开始在我肩上做出一些奇怪的举动。他在抽搐并且摇晃着身体，而不像往常那样乖乖地坐在我的肩膀上。

"你没事吧，伙计？"我放慢了脚步。

突然，他开始焦虑不安，发出奇怪的干呕声，好像被噎住一样，或者是试图清嗓子。我知道他想跳下来，但是那样也许会摔下来，因此我把他放在地上，想看看他到底怎么了。我还没来得及蹲下来，他就开

始呕吐了。吐出来的没有固体，只有胆汁，但他还是一直吐个不停。同时他的身体在剧烈抽搐，努力吐出那些让他不舒服的东西。当时，我以为这是由于今天一直在四处躲避水坑和行人的雨伞，让他感到有些恶心反胃了。

但是他再次变得病恹恹的，吐出了更多的胆汁。这就不仅仅是四处奔波造成的了。很快他就没什么能吐的东西了，这也很奇怪，他昨晚和今早吃得都很好。我突然意识到情况没这么简单。也许在我们出门前，或是在他外出方便的时候，他就已经不舒服了。乘车的时候他一定觉得很难受，而现在我才反应过来。我不停地责怪自己，为什么没有早点儿发现异常。

人在这种情形下的反应是很奇怪的。我相信当时我和全天下的父母或宠物主人一样，所有疯狂的想法都涌进了我的脑海中。他早晨是不是吃了什么不该吃的东西？还是在家中吞下了什么不该吞的东西？这些东西会不会让他病得更严重？他会在我面前死掉吗？我曾听过不少猫误饮洗洁精或被塑料制品噎住致死的故事。Bob死亡的样子在我脑子里一闪而过，我赶紧努力让自己清醒起来，不去想那些不该想的事。

我对自己说："振作，詹姆斯。让我们理智一点儿。"

不停呕吐与没得可吐意味着Bob有可能脱水。如果我什么都不做的话，他身体的器官也许会受到损伤。也许我应该去买点儿食物，更重要的是买点儿水，这是个好主意。因此我把他抱起来放在臂弯里,前往科芬公园,我记得那附近有一家杂货店。我身上没有太多现金,但是凑了凑,还是够买一份Bob喜欢的流质鸡肉餐和一些干净的矿泉水。我不想冒险让他喝不干净的水,那可能会让情况变得更糟糕。

我带Bob去了科芬公园,把他放在我们的固定销售点附近,然后拿出他的碗,用汤匙取出鸡肉放在碗里。

"吃吧,伙计。"我把碗放在他面前,摸摸他。

通常,Bob都会立刻猛扑过去大吃大喝,但今天没有。他站在那儿看了一会儿,才决定吃两口。但他吃得很少,只吃掉了肉冻,肉连碰都没有碰。我心里再次开始打鼓,这绝不是我所熟知和深爱的Bob,一定有哪儿不对劲。

我心不在焉地开始卖杂志。我们需要钱度过接下来的几天,特别是如果我要带Bob去看兽医的话。但是我的心思已经不在卖杂志上了。我把更多的精力放在照顾Bob上,而不是试图吸引周围的路人来买杂志。Bob默默地趴着,对任何事都不感兴趣。毫不意外,并没有多少人停下来买杂志。我今天只卖了不到两小时就收工了。Bob的情况明显不佳,我必须带他回家,家里温暖且干爽。

到目前为止，我都很幸运地跟Bob在一起。自从我收养他以来，他的健康状况一直很好。一开始他身上有跳蚤，但那对一只流浪猫来说很正常。我曾给他吃过早期防虫的药。从那以后，他就再也没有生过病。

偶尔，我会带他到植入芯片的伊斯灵顿公园的蓝十字中心去。那里的兽医和护士都认识他，都说他身体好得很。因此现在这种情况对我来说是陌生的。我担心他得了更严重的疾病。在坐公共汽车回托特纳姆的路上，Bob趴在我腿上，而我心头五味杂陈，唯一能做的就是努力不让自己掉眼泪。Bob是我生命中最宝贵的，失去他是一件很可怕的事情，但这个念头一直萦绕在我的脑海中。

到家后，Bob径直走到暖气片下缩成一团，直接睡着了，他在那儿待了好几小时。当晚我睡得很少，一直非常担心。他太难受了，甚至都没跟我去床上睡觉，一直趴在暖气片底下。我不停地起来看他怎么样。有一次，我误以为他没有呼吸了，伸出手去摸摸他，确认了一下。当我发现他在轻声呼吸时，不禁长出了一口气。

由于余钱不多，所以我第二天还得出门卖杂志。这让我陷入了两难的境地。我是应该把Bob独自留在家中，还是该把他穿得暖暖的带去市里，以便我能照顾他？

幸运的是天气好了一些，太阳出来了。我拿着麦片碗在厨房里徘徊时,突然看到Bob正盯着我看。他看起来恢复了一点儿活力。

当我给他准备早餐时,他吃了好几口,比昨天更有精神一点儿。

我决定把他带在身边。这周才刚刚开始,要等几天才能带他去蓝十字中心。既然如此,我想先去当地的图书馆,在电脑上搜索一下Bob的症状。

我现在都忘了在医学网站搜索是一个多么馊的主意,其通常给出的都是最糟糕的结果。

我输入了一些关键字,浏览了一些信息丰富的网页。当我输入主要症状——无精打采、呕吐、没有胃口时,马上跳出来许多可能的疾病。

有些疾病看起来并不是特别严重,比如可能是毛球引起的肠胃胀气。但我又看了其他可能的疾病,光是以"A"开头的清单就已经很恐怖了,其中包括了阿迪森症、肾衰竭和砷中毒。还不止这些,其他可能的疾病还有白血病、结肠炎、糖尿病、铅中毒、沙门氏菌感染和扁桃体发炎。其中最可怕的一条是可能患有肠癌。

我看了15分钟后,精神变得极度紧张。

我决定换个方法,寻找最好的治疗呕吐的方法,这样搜索结果会更有建设性。我找到一个网页,上面建议大量饮水、多休息,并且严密看护。这正是我要做的,我打算接下来连续两天照顾他。如果他还吐的话,我就马上带他去看兽医。如果不吐的话,我就准

备星期四再去蓝十字中心。

第二天我决定在家里一直待到黄昏时分，让Bob能好好休息一番。他像木头一样地睡着，蜷缩在最喜欢待的地方。我想一直看着他，但他看起来情况还可以，因此我决定离开三四小时去卖一些杂志。为了糊口，我别无选择。从托特纳姆法院路到科芬公园，我再次感受到了被人无视的感觉。到达科芬公园后，人们看到我独自一人时都过来问："Bob呢？"我告诉他们Bob病了，大家都表现出很关心的样子。

"他没事吧？""严重吗？""他有没有去看兽医？""他独自在家行吗？"

我突然想起来，我认识一位名叫罗斯玛丽的兽医护士。她的男朋友斯蒂夫在一家漫画店工作，我和Bob偶尔会去那附近卖杂志，于是我们成了朋友。有一次罗斯玛丽也去店里找斯蒂夫，我们还聊起了Bob。

我决定去店里看看他们在不在。很幸运，斯蒂夫在店里，他把罗斯玛丽的电话给了我。

"罗斯玛丽不会介意你给她打电话的，"斯蒂夫说，"特别是关于Bob的事。她很喜欢Bob。"

当我给罗斯玛丽打电话的时候，她问了我许多问题。

"他吃了什么?他在外面有没有吃过什么其他的东西?"

"嗯,他去翻过垃圾箱。"我说。

这是 Bob 一个屡教不改的坏习惯。他是个十足的破坏分子,我曾见过他把厨房的垃圾袋撕成一条一条的,于是不得不把袋子放在大门外。他曾是流浪猫,你可以让猫远离大街,但不能让猫远离在大街上养成的生活习惯。

我能从她的声音中听出来一丝激动,就好像一个灯泡被点亮了。

罗斯玛丽说:"嗯,这有可能就是病因。"

她开了一些益生菌、抗生素和特殊的液体药物,帮助 Bob 缓解胃部不适。

她问:"你的地址在哪里?我一会儿骑车给你送过去。"

我吃了一惊。

"哦,罗斯玛丽,我可能付不起药费。"

"不用担心,你不用花一分钱。我待会儿要到那附近送东西,可以顺便给你捎过去。今晚行吗?"

"行,太好了。"我说。

我真的十分感激她。在过去几年间,我从来没有遇到过如此友善的举动。随意的攻击有过,随手的善举却从来没有。这是 Bob 给我带来的最大变化之一。多亏有了 Bob,我才能重新发现人性中善的一面,并

再次开始信任他人。

罗斯玛丽说到做到,这一点我毫不怀疑。她当晚很早就送来了药,我马上把药喂给了Bob。

Bob不喜欢益生菌的味道。当我给他喂第一勺药的时候,他就转过脸去往回缩。我必须用手固定住他的脑袋,才能让他把药吞下去。

"很不幸,伙计,"我说,"如果你没有去翻垃圾桶,就不用吃这个了。"

药物很快起了作用。当天晚上Bob睡得很香,第二天早晨也恢复了点儿活力。

到了星期四,Bob已经好多了。但是为了以防万一,我还是带着他去了伊斯灵顿公园的蓝十字中心。

值班护士立刻认出了他,同时我告诉她Bob病了。"让我们来做个快速检查。"她说。

她给Bob称了体重,还让他张开嘴巴检查了一下,觉得Bob的身体没什么问题。

"一切正常,"她说,"我认为他正在逐步恢复。"

之后我们又聊了几分钟。

"Bob,千万别再去翻垃圾箱了。"在我们离开临时诊所时,护士说道。

Bob的生病对我造成了很深的影响。他看起来如此坚不可摧，以至于我此前从未想过Bob会生病。当发现他如此脆弱时，真的把我吓坏了。

这件事强化了我近段时间以来的一个想法，是时候彻底戒毒了。

我受够了我的生活方式，厌倦了数着天数每两周去一次戒毒中心、每天去一次药房的日子。我厌倦了那种随时都有可能重新吸毒的不安。

我去咨询了我的辅导员，问他可否让我停掉美沙酮，进行戒毒的最后一个环节。

此前我们曾讨论过此事，但是我觉得他从来都没有真的相信过我。可今天，他知道我是认真的。

他说："詹姆斯，这并不容易。"

"是的，我知道。"

"一开始，你需要服用一种叫作丁丙诺啡的药物，"他说，"然后我们将逐步减少剂量，直到你再也不需要服用任何药物。"

"好的。"我说。

他向前倾了倾身子说："过渡期会很难受，你会经历痛苦的戒断症状。"

"那是我的问题，"我说，"但是我想戒毒。我这么做是为了自己，也是为了Bob。"

"好吧，我来安排，疗程会在几周内开始。"

多年来，我第一次能够看见一条漆黑的隧道前方闪现出一丝微弱的亮光。

Chapter 15
黑名单

在一个湿冷的星期一早晨，Bob和我一到科芬公园的协调员处，我就发现有点儿不对劲。有些销售员正在附近闲逛，手里端着一次性纸杯喝着热茶，跺着脚取暖。他们看到我和Bob后开始互相交头接耳，脸色很难看，好像我是不受欢迎的客人一样。

协调员萨姆从分发点的另一边冒出来——她刚才一直在整理新到的杂志——用手戳了戳我。

"詹姆斯，我有话要和你说。"她神情严肃地看着我。

"没问题，怎么了？"我向她靠过去，Bob坐在我的肩膀上。

她通常都会和Bob打招呼，还会摸摸他，但今天没有。

"我听到有人抱怨你。实际上，我听到了很多抱怨的声音。"

"抱怨什么?"我说。

"有些销售员说看见你在科芬公园周围'兜售',他们反映已经看到了好几次,你知道这是违反规定的。"

"这不是真的。"我说,但她冲我摆摆手,摆出"我不想听"的样子。

"争论没有意义,总部要找你谈话。"

看来只能这样了,于是我准备去拿刚到的杂志。

"抱歉,不可以,在跟总部解释清楚之前,你不能再进货了。"

"什么?我今天拿不到杂志了?"我抗议道,"那我要怎么赚钱养活自己和Bob?"

"抱歉,事情解决之前你被停职了。"

我很失望,但并没有特别意外,这整件事早就已经有征兆了。

《大志》杂志销售员守则中有一条,只能在自己的固定销售点卖杂志,其他任何地方都不行。你不能够"兜售","兜售"的意思是在大街上四处游走的同时卖杂志。我承诺遵守这些规则,因为我自己也不愿看到其他销售员走到我的销售点贩卖杂志。这是确保销售员之间和平相处的最简单办法。

过去的一两个月里,曾有销售员向我抱怨我在"兜售"。他们认为我违反了规则,可我只是带着Bob溜达而已。这不是真的,但我知道他们为什么会这么想。

无论我们去伦敦哪里，Bob和我都会被人拦住，人们想摸摸他，或者给他拍照。

现在，唯一的不同是，人们有时会主动要求买一本杂志。

我向其他销售员解释过，这样让我很为难。根据规定，我应该对人们说："抱歉，你得到我的销售点来买，或者你可以向附近的销售员购买。"但我知道这样说的结局是：销售为零，对谁都没有好处。

听了我的解释，有些销售员表示理解，但也有一些人不理解。

很容易就能猜出是谁打的小报告。

在萨姆发出停职通知前一个月左右，我们走在长亩街上，路过一家"美体小铺"的分店，这里是一个名叫杰夫的销售员的摊点。高登·罗迪克（Gordon Roddick，他的妻子安尼塔创办了"美体小铺"品牌）与《大志》杂志有着千丝万缕的联系，因此"美体小铺"门口总会有杂志销售员的影子。我和杰夫算是认识，路过时都会和他打个招呼。但突然，一对年长的美国夫妇拦住了我和Bob。

他们非常客气，是典型的美国中西部夫妇的样子。

那位丈夫问我："对不起，先生。我能为您和您的伙伴拍张照片吗？我们的女儿很喜欢猫，她如果看到这张照片会很开心的。"

"没问题。"我很乐意帮这个忙。好几年都没人喊过我"先生"了——这真难得!

我已经很习惯配合游客拍照了,因此我给Bob设计了几个造型,让照片拍出来更好看。我会把他放在右肩上,脸紧贴着我的脸,看向前方。那天早晨,我又摆出了这个造型。

美国夫妇很开心。"哦,非常感谢您。"那位妻子说,"我们的女儿看到这些照片肯定会非常高兴。"

他们一直道谢,并提出想买一本杂志。我拒绝了他们,并指了指几米远的杰夫。

"他是这个区域《大志》杂志的官方销售员,所以你们要从他那儿买。"我说。

但他们并没有去买,而是准备离开。紧接着,那位妻子靠近我,往我手里塞了5英镑。

"拿去吧,"她说,"给你自己和这只可爱的猫买点儿吃的。"

有时人们所见并非事实,这就是个典型的例子。如果有人在现场,就会知道我绝没有要钱,而且还在积极帮杰夫揽生意。但在杰夫看来,我既拿了钱又没有卖掉杂志(这也是被禁止的行为),还有意使顾客忽视了他。

我知道这样会出问题,所以试图向他解释,但为时已晚。在我离他还有十米的时候,他就开始跳着脚骂我和Bob。我知道杰夫是个暴脾气,急了还会动手,所以我不打算冒险。他正处于盛怒之中,我完全没有

和他理论的打算，打算让他自己冷静下来。

很快，这件事就在其他的销售员那里传开了，对《大志》销售员来说这是一件大事。不久，他们开始有计划地造谣中伤我。

一开始是冷嘲热讽。

"又在兜售？"有一次我路过一个销售点，那里的销售员讽刺道。至少他表达得还算文明。

圣马丁路附近的销售员则更加直接。

"你和你那只癞皮猫今天想抢谁的生意？"他冲我喊道。

我一直试图解释，但那就像对牛弹琴。显然销售员们都在背后窃窃私语，三五成群地联合了起来。

一开始我并没有特别在意，但情况越来越糟。

杰夫事件之后没多久，我就受到了醉酒销售员的威胁。《大志》销售员在工作中不能喝酒。这是最基本的规则。但实际上很多销售员都是酒鬼，他们有的会在口袋里揣着超大听的啤酒，有的会装着更烈性的酒，时不时拿出来喝一口。我要承认，我也曾经这么干过，那天实在太冷了。但这些人不同，他们是在酗酒。

一天，我带着Bob穿过广场，其中一个人突然冲过来，冲我们挥舞着胳膊，出口痛骂。

"你这个无耻的混蛋，我们迟早会收拾你。"他说。我本以为这只是偶然事件，但后来几乎每周都会发生类似的事。

最后的征兆出现在一天下午,我正在科芬公园的协调站附近溜达。萨姆的同事史蒂夫在替她值下午的班。

史蒂夫对Bob一直很好。虽然他似乎并不喜欢我,但他经常会逗Bob玩儿。然而这一天很奇怪,他并没有搭理我们。

当时我正坐在长凳上想自己的事,史蒂夫走了过来。

"如果让我决定,我不会让你卖杂志。"他说,言语很恶毒,"在我来看,你就是个要饭的。你和你的猫都是这路货色。"

我觉得很难过。我努力这么久,好不容易才和科芬公园的其他销售员打成一片。我只能再次解释Bob的事,但是毫无用处,别人都是一只耳朵进一只耳朵出。

所以正如我所说,当萨姆告知我需要去总部时,我并不感到非常惊讶,我只是觉得晕晕乎乎的。

我就这样从科芬公园离开了,心里很茫然。我上了"黑名单",却不知道接下来该怎么办。

当晚,Bob和我吃过晚饭就早早休息了。天气越来越冷,但经济状况已经不允许我们再浪费电了。

Bob蜷缩在床脚,我则缩在被子里,绝望地盘算接下来该怎么办。

我不知道停职意味着什么。是不是我再也没有悔改的机会了?还是只会象征性地惩罚一下?

我躺在那里,回想自己的卖艺生涯是如何被迫结束的。我无法接受自己再次因为别人的谎言而失去生计。

这次事件的不公更甚以往。和其他很多《大志》销售员不同,迄今为止我都没有惹过麻烦,而我在科芬公园附近看到过很多违反规则的行为,但他们只受到了萨姆和其他协调员的口头警告。

我知道有个声名狼藉的销售员。他是个大块头的怪人,态度十分傲慢,操着一口伦敦腔,很是吓人。他会向路人大吼大叫,尤其会吓唬女性。他会贴到她们身边说:"来啊宝贝,来买本杂志。"这几乎就像威胁别人说:"买一本,不买的话……"

他曾经把杂志卷成卷,塞进路人的包里,之后把人拦住说:"请付2英镑,谢谢。"并一直追到对方掏钱为止。但这一招并不太管用,多数人会把杂志扔进附近的垃圾桶。他赚来的钱也不是用在正道上,有人说他赌博成瘾,还有人说钱直接进了老虎机里。

他明显违反了许多最基本的规定,但可笑的是就我所知,他从未受到处分。

无论我做错了什么都不可能比他更严重,而且这是我头一次遭到举报。这点会不会对我有利呢？我会因为一次犯错就彻底出局吗？我真的不知道。所以，我开始恐慌。

我越想越觉得困惑和无助，但我知道自己不能停下来。第二天一早，我决定像往常一样出门，去伦敦的另外一个协调员那儿碰碰运气。这很冒险，我很清楚这点，但是我觉得值得冒险。

作为《大志》销售员，我知道城里有很多协调员，他们主要分布在牛津街、国王十字街和利物浦街。我对整个网络都很熟悉，于是选择了牛津街去碰碰运气，我在那儿见过一些人。

抵达协调亭的时候正是上午，我希望一切尽量低调。我掏出上岗证，买了20本杂志。那个家伙的注意力完全集中在其他的事情上，因此几乎没注意到我。我不能停留太长时间，以防他认出我。我找到了一个地方，那儿似乎没有其他人在卖杂志。我决定尝试一下。

发生的这一切让我对Bob感到抱歉。他看起来有些紧张，并且迷失了方向，这可以理解。他喜欢稳定有序的生活，而不是充满混乱和不确定，其实我也一样。他肯定也很奇怪，为什么我们有序的生活一下就被打乱了。

那天，我成功地卖出了数量可观的杂志——第二天也一样。我总是不停地换地方，幻想着杂志社正派人在找我。这当然不符合常理，是个疯狂的想法，但

我疑神疑鬼，害怕会失去工作。我幻想着自己会被一群人拦住，他们会夺走我的上岗证并把我赶走。一天晚上坐公共汽车回家的时候，我问Bob："为什么这一切会发生在我们身上？我们没做错任何事情，为什么我们不得安宁呢？"接下来的几周，我在伦敦各个协调点之间来回游移，希望协调员不会发现我上了"黑名单"。

一个星期六的傍晚，我在维多利亚车站附近的某条街上，躲在一把破旧的雨伞下。此时此刻，我告诉自己，准确地说应该是Bob"告诉"我，我犯了一个错误。

雨持续下了4小时，没人会停下来买杂志。我不能怪他们，他们现在只想着躲雨。

从下午开卖算起，对我和Bob产生兴趣的只有保安，所以我们只能游走在不同的大楼之间躲雨。

"抱歉伙计，你不能待在这儿。"他们的回答千篇一律。

我在垃圾箱里找到了一把破伞，本打算用它来避雨，但是似乎并不管用。

最近一个月，我从伦敦各处的协调员手里购买杂志。我对接触的人很小心，尽量找不同的协调员买杂志。很多人知道我是谁，但也有很多人不知道我被停职了，他们会卖给我十几、二十本杂志。我不想给他们惹麻烦，只要他们不知道我的事，就不会遭到责难。有了过去几个月的经历，我认为这样做是最安全的，毕竟我只想赚钱养活自己和Bob。

这种打游击卖杂志的方式并不顺利，多数地方并不允许贩卖杂志。Bob和我经常在牛津街站、帕丁顿站、国王十字站、尤斯顿站和其他几个地铁站附近的街上转来转去。有一天，一个警察三次警告我离开，给了我一个半官方的警告，说下一次再见到就要逮捕我了，而我绝不想再有这样的经历了。

我陷入了两难的境地，要想躲开几个热门的销售点，我只能找些冷门的地方。这样做的结果就是即便有Bob帮忙，杂志也很难卖。《大志》销售点不是随意选出来的，他们知道哪里能卖、哪里不能卖。我所在的地方就是后者。

人们还是很关注Bob，但我们所在的位置并不好。生意很不好做，这对我的钱袋造成了致命的打击。今天，情况就将陷入谷底。我手里还剩15本杂志，到星期一新杂志出版后，这些就过期了，那我就真的麻烦了。

光线越来越暗，雨仍然下个不停。我告诉自己再去别的地方试试，但我没指望Bob能帮上什么忙。

到目前为止，Bob都很乖，哪怕是在阴冷的天气下也表现得十分隐忍。即使他不喜欢冬天湿漉漉的感觉,但他还是忍受着被路过的汽车和行人溅了一身的水。但是当我试图在第一个街角停住坐下来时,他却像小狗一样拉着绳子,拒绝停下来。

"好的,Bob,我知道了,你不想在这里停下来。"我以为他只是不喜欢这里。但在下一个地点,他还是这样。再下一个地方依旧如此。我突然恍然大悟。

"你想回家,是吧,Bob?"我问。他依然在前面走着,听到我说话后,他渐渐放慢脚步,把头微微朝我侧过来,好像冲着我扬起了眉毛。他停了下来,露出了想让我抱着他走的表情。

那一刻,我下定了决心。Bob一直非常坚强,忠心耿耿地跟在我身边,尽管生意很不好,他碗里的食物也比以前少了,但他还是向我表现了自己的忠诚。现在,我也必须对他忠诚,让我们的生活回到正轨。

我知道这是正确的选择。《大志》杂志先前帮助我走了一大步。事实上,这是我长时间以来,应该说是Bob闯入我生活以来最长足的进步。我必须去解决这件事,我不能再逃避责任了。为了我,也为了Bob,我不能再这样对他了。星期一早晨,我洗漱干净,穿上一件得体的衬衫,前往沃克斯霍尔。Bob跟着我,帮我一起去作解释。

我真的不知道会发生什么。最糟糕的情况是没收工作证,禁止我再卖杂志,这是极大的不公平。但我知道"兜售"肯定会遭到某种惩罚,我只希望能解释清楚自己没有这样做过。

来到《大志》办公室,我说明了自己的情况,对方让我稍等一下。

我和Bob等了20分钟,然后一位年轻男士和一位年长的女士把我们带到一间普通的办公室,并让我关上了门。

我屏住呼吸,等待着听到最糟糕的消息。

他们狠狠地训斥了我一番,说我违背了若干基本规定。

"我们接到报告说你在四处兜售杂志,并且还有乞讨行为。"他们说。

我知道这些是谁说的,但我没有说出来。这件事不能演变成个人冲突。《大志》销售员本应和睦相处,如果我一直坐在这里告别人的黑状,那我自己也不会有好下场。于是,我试图解释带着Bob在科芬公园附近溜达很难办,人们都会拦着我,给我们钱或者是要买杂志。

我举了几个例子,比如在酒吧外面有人很喜欢Bob,花5英镑买了3本杂志。杂志封面上有一位女演员,他们说自己是来追星的。

"一直都是这样,"我说,"如果我拒绝卖杂志给他们,会让人觉得很不礼貌。"

他们带着同情的表情听着,对我说的一些话也点头表示同意。

那位年轻男士说:"我们也发现Bob很有吸引力,一些销售员也承认他是一个能吸引别人注意的家伙。"他的语气中不仅仅是同情。

听我辩解完,他向前倾身,对我说出了一个坏消息:"但是我们仍然要给你一个口头警告。"

"哦,好的。口头警告是什么意思?"我很惊讶地问道。

他向我解释,这不会让我卖不了杂志,但是如果再发现我四处兜售的话,情况就会发生变化了。

我感觉有点儿傻。一个口头警告无关紧要。我此前完全被吓住了,只能想到最坏的结果。我不知道会发生什么,以为自己将要失去工作。在我的想象中,会有某个委员会跳出来没收我的上岗证,但那只是我脑中的幻想。我没意识到事情并不那么严重。

当我回到科芬公园找到萨姆时,不免对这段时间发生的事感到有些局促。

萨姆看到我和Bob的时候,冲我们笑了笑。

她说:"我都不确定是不是能再次见到你们俩了。去总部讲清楚了吗?"

我告诉了她去总部的情况,然后给她看了一下总部发给我的纸质文件。

她说:"看上去你是被留用察看了。在几个星期之内,你只能在每天下午四点半以后或每个星期天上班。然后我们才能让你恢复正常工作时间。如果有人来你和Bob身边要求买杂志的话,你可以说没有现货,如果混不过去,就说它们都是为老主顾预留的。别给自己惹麻烦。"

这些建议当然都非常好,只是拦不住别人想给我"找麻烦"。确实有人是这样做的。

一个星期天下午,Bob和我前往科芬公园上班。鉴于我们有限制令在身,所以只能想尽一切可能的办法抓住机会。

我们正坐在詹姆斯街上,靠近杂志协调员销售点的地方,这时一个具有威胁性的大块头身影出现了,那是斯坦。

斯坦是《大志》杂志销售圈子里的一个名人,他已经为杂志社工作了许多年,只不过他有些喜怒无常。心情好的时候他是世界上最好的人,经常会为你做任何事。

他曾为我做过保释,还免费给过我几本杂志。

但如果他心情不好,更糟糕的是如果喝醉了酒,他就会变成世界上最讨厌、最好斗、最具攻击性的人。

他来到了我面前,我迅速判断出今天的斯坦是后者。

他块头很大,有将近两米高。他弯腰冲我大声咆哮着:"你不应该在这儿,你被禁止出现在这片区域。"

我可以闻到他的酒气,简直像是酿酒厂。

但是我不能退让。

"不,萨姆说我每个星期天或者每天下午四点半可以上班。"我说。

幸运的是,附近有另一个协调员在工作,他是萨姆的同事彼得。他对我的声援惹恼了斯坦。

斯坦离开了一会儿,然后又走过来,威士忌的气味再次喷了我一脸。这次他盯着Bob,但态度并不友好。

"如果他是我的,我现在就会勒死他。"他说。

他的这些话让我吓了一跳。

如果他靠近Bob,我一定会打他。我会保护Bob,就像一个母亲保护她的孩子一样。Bob就是我的孩子。但是从《大志》杂志的角度来说,那就意味着一切都结束了,我将再也不可能为它工作。

所以我当时做了两个抉择。那天下午我带着Bob去了别的地方。当斯坦情绪不佳的时候,我不会在他旁边任何地方工作。但最终我还是决定离开科芬公园。

这样做有可能造成一定的损失。Bob和我在这儿有固定的老主顾,此外在这里工作也很有趣。但现实是,这里的工作氛围已经变得越来越不友好,甚至越来越危险了。我们需要搬到伦敦其他竞争不那么激烈的地方去,在那儿不会像现在这么出名。眼下我就有一个备选地点。

来到科芬公园之前,我曾在伊斯灵顿的天使地铁站附近卖艺。那儿是个不错的地方,虽然和科芬公园相比赚钱不多,但仍然值得一试。因此我决定第二天去拜访一下那儿的销售协调员李,他人很好,我认识他。

"这附近有好一些的销售点吗?"我问。

"卡姆登走廊的人不少,伊斯灵顿公园也不错。如果你愿意的话,可以在地铁站外销售,"他说,"没人喜欢那儿。"

我有一种似曾相识的感觉,好像又回到了科芬公园。对其他《大志》销售员来说,地铁站是噩梦般的销售点,没人愿意在这里卖杂志,因为这里的人走得太快,没有时间停下来掏钱买本杂志。他们要去别的地方,行色匆匆。但正如我在科芬公园就已经发现的,Bob似乎有一种魔力,能够让进出地铁站的人们放慢脚步。人们一看见他,马上就会缓和神色,似乎他能给快节奏的、没有人情味的生活带来一丝轻松、温暖和友善。我确定很多人之所以买杂志,就是为了感谢Bob给他们带来的那些瞬间。因此我非常乐意选择天使地铁站这个大家都认为"很难"的销售点。

我们当周就离开科芬公园去上岗了。

几乎是片刻之间，就有人停下脚步跟 Bob 打招呼。我们很快就重新找回了在科芬公园时的感觉。

有一两个人认出了我们。

一天晚上，一位穿着套装、打扮入时的女士停下来，露出恍然大悟的表情。

"你们俩以前是不是在科芬公园？"她问。

"我们再也不去那儿了，女士，再也不去了。"我笑着回答。

Chapter 16
天使区的中心

Bob非常高兴搬到天使区,从他每天上班路上的肢体语言就能看得出来。当我们在伊斯灵顿公园站下车时,Bob不再像在伦敦市中心那样要求坐在我肩上。相反,绝大多数时候他都会拉着绳子,走在我前面,来到卡姆登走廊,经过那些古董商店、咖啡馆、酒吧和餐馆,然后走到伊斯灵顿大街的尽头,停在地铁站入口处宽阔的步行街区。

有时候我们要去公园北边《大志》杂志协调员所在的地方,会走另一条路。那时,Bob总是直接奔向公园中心被围起来的花园区域。当他在茂密的树丛中四处搜寻、嗅着老鼠和鸟类以练习自己的捕猎技巧时,我就在一旁等着并看着他。虽然迄今为止还一无所获,但他似乎并不气馁,仍然喜欢把脑袋伸到这片区域的每个犄角旮旯里。

当我们最终抵达他喜欢的地方，面对天使地铁站入口处的花摊和书报摊时，他会看着我把背包放在地上，并在前面摆上一本《大志》杂志。然后，他会坐下，把自己身上舔干净，为新的一天做好准备。

我对这个新地方跟在其他地方的感受一样。经历了科芬公园的种种之后，伊斯灵顿就像一个新的开始。我感觉一个新时代开启了，并且这一次我们会在这里坚持到最后。

天使区与科芬公园及伦敦西区的街道都不同。市中心的街上都是游客，夜晚的西区也是挤满了狂欢者和戏剧迷。相比之下，天使区地铁站没有那么多人，但每天也有大量人群涌进涌出。

然而这里的人群不同，其中当然也有游客，但也有大批来这里吃饭或逛艺术区的人，比如附近的萨德勒威尔斯剧院和伊斯灵顿商业设计中心。

这个地区更职业化，并且更"高档"。每天晚上，成群穿着职业套装的人从地铁站进进出出。他们中的大多数人都很少注意到一只姜黄色的猫坐在地铁站外，但还是会有一些人停下来对Bob笑笑。他们出手也很大方。伊斯灵顿公园附近的杂志销量和人们给的小费平均都要比科芬公园多一些。

和科芬公园不同，住在这里的人很慷慨。我们刚开始在那儿卖《大志》杂志时，人们就给了Bob一堆吃的。

第一次有人给Bob吃的，是在我们第二天或第三天卖杂志的时候。一位穿着非常入时的女士停下来跟我们聊了一会儿。她问我们俩是不是每天都会来，这句话让我有些担心。她会不会抱怨什么？但是我完全误会了。第二天，她拎着一只森宝利超市的小购物袋来了，里面装了一些猫奶粉和高级猫粮。

"拿着，Bob。"她高兴地说，把东西放在Bob面前的地上。

"他可能要晚上回家才能吃了，希望你不会介意。"我对她表示感谢。

"当然，"她说，"他喜欢吃才是最重要的。"

从那之后，越来越多的当地人开始给Bob送礼物。

我们的销售点与森宝利大型超市只有一墙之隔。人们去超市购物时，会顺带给Bob买点儿小东西。然后，他们在回家的路上会把东西送给Bob。

我们仅仅在天使地铁站待了几个星期，就差不多有六七个人给Bob送过东西了。一天晚上，我们收到的猫牛奶、猫粮、金枪鱼罐头还有其他的鱼罐头太多了，以至于都没办法全部装进背包。我不得不把它们都放进一个大购物袋里。回到家后，这些东西在厨房的橱柜里塞了满满一层，Bob吃了差不多一星期。

这里的另一个不同之处就是地铁工作人员的态度。在科芬园时我是个"异教徒"，是人们仇视的对象。多年靠卖艺和卖杂志结识的朋友用一只手就数得过来。

其实根本不用伸手,我最多只能想到两个人。

与之相比,天使地铁站的工作人员从一开始就对Bob非常友善慷慨。例如,有一天阳光非常炙热,最高气温达到了三十多度。虽然是秋天,但来来去去的行人都穿着短袖。我身上穿的牛仔裤和黑色T恤都已经被汗浸透了。

我知道高温对猫不好,所以把Bob放在身后大楼的阴影处,这样不会太热。在这里站了一小时后,我觉得必须给他找点儿水。但我还没来得及找水,就见一个人从地铁站里走出来,手里拿着一个漂亮的钢碗,里面盛满了水。我认得她,她是售票员达维卡,此前多次过来跟Bob聊天。

"喝吧,Bob。"她把碗放在Bob面前,摸着他的后颈说,"我们现在可不想让你脱水。"

Bob一口气把碗里的水都喝光了。

Bob总是能让自己被人们喜爱,但人们喜爱他的程度总能超乎我的想象。他在几周之内就赢得了伊斯灵顿当地人们的关注,真是不可思议。

当然,天使区也并非完美,这儿毕竟是伦敦,不可能一切顺利。目前我们最大的问题来自在地铁站附近工作的人。

科芬公园附近的街巷都很热闹,但天使区的一切活动都以地铁站为中心。所以大街上有很多谋生的人,比如分发免费杂志以及为慈善组织募集善款的"募捐人士"等。

自从多年前开始在街上讨生活,我就注意到了这点,街头是个竞争异常激烈的地方。"慈善募捐人士"指的是那些为慈善组织工作的、兴致极其高昂的年轻人,他们的任务是抓住那些穿着讲究的通勤者和游客,滔滔不绝地讲述他们的慈善工作。他们会试着说服对方同意从自己的银行账户上自动划款。这就像打着慈善的幌子抢劫一样,而他们也确实落下了人见人怕的名声。

其中有一些是为第三世界国家做慈善活动,还有一些是与健康相关的项目,主要是治疗癌症、囊性纤维化和阿尔茨海默病之类的疾病。我对他们的工作没有意见,只是反感他们骚扰路人。我自己也有卖杂志的任务,但我不会像他们一样纠缠和打扰别人。即便对方不想搭理,他们也会一直跟着人家。

这样做的结果是人们一从地铁站出来,看到这样一群兴致高昂、衣着显眼的拉票手后,通常都会迅速逃走,其中有大量潜在的《大志》顾客,所以这实在很烦人。

如果真有这样讨厌的人,我会去和他理论。有些人能够接受,他们会表示尊重并给我工作的空间,但有些人不接受。

一天,我跟一个顶着马克·博兰式卷发的年轻学生发生了激烈的争吵。每当有人想走开时,他就跳来跳去跟在其后面,这惹恼了好多人。我决定跟他说两句。

"嘿,伙计。你让我们这些在这儿工作的人很难做生意。"我礼貌地提议,"你能不能往路那头挪几步,给我们一些空间?"

他显得很烦躁。"我有权在这儿,"他抱怨道,"你无权告诉我该做什么,我要做我想做的事情。"

想要获得别人的支持,你就需要说服别人。于是我直截了当地向他解释,他只是在为自己的"空当年"挣零花钱,而我正在挣钱付电费和煤气费,以便我和Bob能有一个栖身之所。

当我这么说的时候,他终于变了脸色。

这附近还有一个重要的影响因素,那就是有人会派发刚刚出版的免费杂志,例如《时尚清单》(*StyleList*)和《时尚精选》(*ShortList*)等质量很高的杂志,这给我带来了很多麻烦。简言之,既然可以领到免费杂志,人们为什么还要花钱从我这里买呢?

所以一旦有杂志派发员靠近,我就会试着向他解释。我的话很直接:"我们都需要工作,你要给我生存的空间,我们之间最少应保持五六米的距离。"这样说并不是很管用,因为多数情况下派发员不会讲英语。我试着向他们解释,但他们听不懂我在说什么,还有些人根本就不想听我解释。

不过迄今为止,最恼人的还是街上喋喋不休的"提桶人"——一些慈善工作者会提着巨大的塑料桶为最近发生的事募捐。

再次声明,我对这些需要善款的问题深表同情,例如非洲贫困、环境污染和动物福利。这些都是好事,我们应当为其募捐,只是我多次听说这些募捐者把善款揣进自己口袋的事。如果这是真的,那我真是对他们同情不起来。他们当中的很多人都没有资质证明或鉴定证书。如果仔细看他们脖子上挂着的工作证,你会发现有些根本是孩子过家家的玩具,看起来十分业余。

但即便如此,他们也能自由进入地铁站内工作,而那是《大志》销售员的禁区。每当看到他们在地铁站大厅里骚扰路人,我都感到很气愤。有时候他们会堵在旋转闸门门口。通常经过这样一番骚扰,通勤者和游客都不会有好气,自然也就不会想买我的《大志》了。

我想这大概是一种角色反转。在科芬公园的时候,我是那个不遵守规定、不肯待在指定区域的刺儿头,如今轮到我来承担后果了。

我是地铁站外的区域里唯一合法的销售员。和附近的报纸摊主与卖花人一样,我知道自己应该在哪里、不应该在哪里。但是那些慈善募捐人士、沿街叫卖的小贩和喋喋不休的人并不在意。可能有些人会觉得这些纷争很讽刺,但我觉得这一点儿都不可笑。

Chapter 17
难熬的 48 小时

毒瘾治疗中心的年轻医生表情十分严肃地在处方底部签下了自己的名字，然后递给我。

"记住了，把这些药拿去吃，48 小时后再来，到那时戒断的症状应该已经出现了，"他紧盯着我说，"会很难受，但如果你不按照我说的去做，会更难受。明白吗？"

"好的，我明白。希望我能挺过去。过两天再见。"我点头，准备起身离开诊疗室。

离我第一次提出戒掉美沙酮已经过去几个月了，我每半个月都会来戒毒中心一次。我觉得自己已经准备好了，但辅导员和医生并不赞同。每次提到这件事，他们都会向后推延，却没人告诉我为什么会这样。终于，他们都同意我进行戒毒的最后一步了。

这是我的最后一张美沙酮处方。美沙酮可以帮助我摆脱海洛因，但现在我将要降低用量，彻底摆脱它。

48小时后我再来戒毒中心的时候，他们会给我一种名为丁丙诺啡的更温和的药物，以便戒除毒瘾。辅导员说这个过程就像飞机降落地面，我觉得这个比喻很恰当。在之后的几个月里，他会慢慢为我降低用药量，最终彻底停用。按照他的说法，我会以缓慢的速度"着陆"，真希望这个过程平稳一些。

在药房等待最后一剂处方药的时候，我的内心并没有什么特殊的感觉，满脑子想的都是未来48小时会怎样。

辅导员对其中的风险做出了详尽的解释。戒掉美沙酮不是一件容易的事，实际上这是很困难的。我的身体和精神方面都会出现戒断症状。我必须等到那些症状变得极其严重之后，才能回到戒毒中心领取丁丙诺啡。如果不这样做，我就有出现更严重戒断症状的风险，这是我不敢想象的。

事到如今，我有信心自己能做到，但与此同时我又担心自己撑不住，会去找一些让自己好受的东西。我不断告诉自己，我必须做到，必须跨过这最后一道障碍。否则日子周而往复，一些都不会有所变化。

这是人生中的一道曙光。我已经过了十年这样的生活，日子一天天过去，而我就坐在那里看着光阴流逝。当你染上毒瘾之后，几分钟会变得像几小时，几小时会变得像几天。时间已经变得无关紧要，你唯一需要担心的就是什么时候该再吸一次,在那之前你根本不会在乎任何事。

这样的日子糟透了,我满脑子想的都是从哪儿弄到钱多吸一点儿。几年前我还是海洛因重度上瘾者,现在已经向前迈出了一大步,戒毒中心把我带入了生活的正轨。只是我不想再过这样的生活了,不想每天都去药房、每半个月都去戒毒中心。我要证明自己可以戒除毒瘾。我已经受够了,现在我必须做点儿什么。

虽然有一定难度,但我决定靠自己的力量完成整个过程。我曾有加入匿名戒麻醉品者协会的机会,但我不喜欢其烦琐的程序。这种"准宗教"类的事我做不到。在那里你需要依仗某种至高无上的权力,这不是我的风格。

我知道这个过程会让我的生活更加艰难,但和以前不同,我觉得自己并不孤单,我有 Bob。

像往常一样,我没有带 Bob 来戒毒中心。我不喜欢让它来这里。即便我已经有了很大的进步,但这仍是我生命中不光彩的一页。

当我回家后,他很高兴地迎接我。我手里拎着满满一袋食物,以便让我们能够度过接下来的两天。任何想摆脱毒瘾的人都知道接下来意味着什么,无论是戒烟还是戒酒,最开始的 48 小时都是最难熬的。除了想办法来一剂,你脑子里根本没有别的东西。而应对的方法就是转移自己的注意力。这也是我要做的事,我真的很感激Bob陪我一起度过这段时光。

午餐时间，我们坐在电视机前，一起吃着点心，等待着。

美沙酮的药效能持续20小时，因此第一天很容易就过去了。Bob和我玩了很长时间，还出去散了会儿步，顺便方便了一下。我用一台老掉牙的游戏机玩第一代的《光晕2》(*Halo 2*)游戏。至此为止一切风平浪静，但我知道这种状态不会持续太久。

说到对戒断症状的描绘，电影《猜火车》(*Trainspotting*)应该是最出名的。影片中伊万·麦克格雷格(Ewan McGregor)饰演的雷登决定戒掉自己的海洛因毒瘾。他准备了几天的食物和水，把自己反锁在屋里挺着，经历了我们所能想象到的最可怕的身心折磨，出现了抽搐发抖、产生幻觉、恶心呕吐等一系列症状。看过电影的人应该多少都记得他爬向马桶的场景。

我所经历的48小时感觉比他要糟糕十倍。

在我服用完最后一剂美沙酮24小时后，戒断症状发作了。8小时后，我流汗不止，焦躁不安。当时是半夜，而我早就应该睡熟了。我打了几个盹，但是觉得自己一直都没睡着。这种状态很诡异，我做了很多梦，准确地说我出现了很多幻觉。

具体内容记不清了，我只记得做了好几个试图吸食海洛因的梦，但是每次到最后一刻都没能如愿：不是没能把针头扎进血管，就是还没等吸到就被警察逮捕了。这真的很奇怪，我的身体注意到平时每12小时服用一次的东西被切断了，但潜意识在游说我最好再吸一次。我的脑海深处正在进行着一场激烈的斗争，而我好像变成了一个旁观者，看着这一切发生。

几年前，我从吸食海洛因转向服用美沙酮的感觉没这么糟糕，而这次是全然不同的经历。

时间渐渐失去了意义，第二天早晨，我头痛欲裂，就像是偏头痛发作。我发现自己很难适应任何光线和声音。我试图待在黑暗中，但是随后又开始产生幻觉，然后再努力从中恢复过来。这是一个恶性循环。

我迫切需要能转移注意力的东西，而Bob就是我的救星。

我曾经很好奇，我和Bob之间究竟有没有所谓的心电感应。有时他好像真的能懂我的想法，此时就是这样。他知道我需要他，因此一直待在我身边，在我逗他的时候依偎过来，我难受驱赶他的时候则保持距离。

他知道我的感觉很糟糕。有时候，我在打瞌睡，他就会爬到我身上，把脸紧贴着我，好像在说："你还好吧，伙计？如果你需要我，我就在这儿。"有时候他也会坐在我身边，咕噜咕噜叫着，用尾巴蹭蹭我，还会舔舔我的脸。每当我时梦时醒的时候,他都能让我清醒过来。

在其他方面,他也像是上天赐给我的礼物。首先,他让我有事可做,我仍然需要按时喂他吃东西——走进厨房,打开一袋食物并倒进碗里,这些事情能够让我忘记自己正在经历戒断症状。我觉得自己没法带他下楼去方便,但是当我放他出门时,他会匆忙离开,并在几分钟之内很快回来,似乎不想扔下我一个人。

有的时候我觉得自己好些了,比如第二天早晨,有几小时我都感觉不错。Bob和我玩了几小时,我还看了一会儿书,虽然这很困难,但能够让我转移注意力。我读了一本很棒的纪实类书籍,讲的是一个海军陆战队士兵在阿富汗救下几条狗的故事。思考其他人的生活中会发生什么,这种感觉很不错。

但是到了第二天下午,戒断症状变得难以忍受了,最糟糕的是身体开始失控。医生提醒过我会出现发抖的症状,这也叫作"多动腿综合征"。这其实是件非常难受的事,我感到自己浑身抽筋,根本无法安静地坐在那里。症状出现时,我的腿会不受控制地突然踢出去,诸如此类。我的这些举动让Bob焦虑不安,他用一种奇怪的、斜眼的表情看着我,但是并没有抛弃我,而是紧靠在我旁边。

当天晚上的情况最糟糕。我看不了电视,因为光线和声音会让我头痛。但如果置身黑暗,我的脑袋又会高速运转，充满各种各样让人抓狂的东西。上一分钟我的身体还火烧火燎，就好像置身火炉一样，下一分钟又觉得冰冷刺骨，满身的大汗好像突然间冻住了一样，并且会猛然发起抖来。因此，我不得不把自己裹起来，但又会再次感觉火烧火燎，自始至终，我的腿都在抖个不停。这是一个可怕的阶段。

挣扎中我偶尔会清醒过来。我明白了为什么那么多人都很难戒除毒瘾，因为这既是一种生理瘾，也是一种心理瘾。脑海中的斗争实力其实相去甚远，上瘾的力量绝对要比各种试图戒断的力量大得多。

另外，我能清楚地看到毒品在这十年中对我做了些什么。我能看到曾经睡过的小巷子和地下通道（有时甚至能闻到那种味道）、那些我为躲避现实而住的旅馆，以及我为了吸一口以挺过接下来的 12 小时而做过的可怕事情。我看见了毒瘾是如何把我的生活搞得一团糟。

我还出现了一些诡异离奇的想法。比如我突然想，如果醒来时失忆就好了，这样就完全不知道自己出了什么事。我的痛苦在于自己的身体知道问题出在哪里，也知道怎样可以缓解。我从不否认自己有软弱的时候，我也幻想过吸一口。但我坚持将这些想法抹去了。我有机会扳回一局，也许这就是我最后的机会了。我必须坚持住，必须忍受所有这些症状：腹泻、痉挛、呕吐、头痛和冷热交替。

第二天晚上似乎永无尽头，每次抬头去看表，我都会觉得时间好像在倒流。黑夜似乎越来越深沉，越来越黑暗，而不是即将迎来清晨的曙光，这真可怕。

但是我有秘密武器——Bob。有一段时间，我只是尽可能静静地躺着，试图将世界拒之门外。突然，我感到Bob抓了抓我的腿，爪子重重地戳进我的皮肤，很疼。

"Bob，你在干什么？"我大叫一声，他被吓得跳了起来。但我马上就感到很愧疚。

Bob只是在为我如此安静而担心，想知道我是不是还活着。他在为我担心。

最终，一丝微弱的、朦胧的光线开始透过窗户射进来。终于到早晨了，我挣扎着下床看了下表，差不多快到8点了。戒毒中心9点钟开门，我再也等不了了。

我用冷水洗了把脸，皮肤上都是湿漉漉的水珠，镜子里的倒影十分疲惫，头发潮湿而凌乱，但眼下没空管这些。我匆忙套上衣服直奔车站。

每天这个时候从托特纳姆坐公共汽车去卡姆登都是非常痛苦的事情。今天似乎更加痛苦，每个交通灯都是红的，每条路都排着长长的车队，这简直就是一条通向地狱的路。

我坐在车上感受着巨大的温差，时而冒汗，时而发抖。四肢偶尔还会抽搐，不过已经不像半夜那样严重了。人们都在看着我，好像我是疯子一样。我看起来肯定是难以置信的糟糕，但我并不在意，我只想去戒毒中心。

我到那儿时刚过9点，候诊室里已经半满了，有一两个人看起来跟我一样糟糕，或许他们也刚刚经历了同样难熬的48小时。

辅导员一走进诊室就问我："嗨，詹姆斯，你感觉怎么样？"虽然他看我一眼就知道了，但我还是对他的关心十分感激。

"不太好。"我说。

"嗯，你已经很好地挺过了两天。这是你迈出的一大步。"他笑着说。

他给我做了检查，我留下了一份尿样。然后，他给我吃了一些丁丙诺啡，并且潦草地写了一份新的处方，这次领的是丁丙诺啡。

他说："这些药会让你感觉好很多。现在让我们开始逐步停用这些药——最终彻底摆脱吧。"

我在那里又坐了一会儿，以确保新药没有什么古怪的副作用。结果什么都没有发生，我只觉得比从前感觉好了上千倍。回到托特纳姆后，我感觉整个人都彻底变了。这种感觉和服用美沙酮时完全不同，世界似乎变得更鲜活了，我能够更清晰地看到、听到、闻到周围的一切，色彩更加明亮，声音更加清脆。这听起来很奇怪，但是我感觉自己再次变得鲜活了。

我中途停下来，给 Bob 买了两袋新口味的猫粮，还给他买了个小玩具——一只会吱吱叫的老鼠。

回到家中，我开始兴奋地对着他大叫。

"我们成功了，伙计，我们成功了。"

那种成就感令人难以置信。在接下来的几天中，我的健康状况和生活状况都发生了翻天覆地的变化。这就好像有人拉开窗帘让阳光洒进我的生活中一样。

当然，在某种程度上，确实已经有猫这样做了。

Chapter 18
回到澳大利亚

　　Bob和我共同经历过的事情加深了我们之间的感情。接下来的几天,Bob一直陪伴着我,就像一个坚守岗位的员工一样看着我,以防我毒瘾复发。

　　但是已经没有那种危险了,多年来我从未有过这样好的感觉。回想过去的黑暗经历不由得使我心惊,但我已经向前走了很远,不可能再回头了。

　　为了庆祝我的新生,我把房子重新布置了一下。每天,Bob和我除了在地铁站外上班以外,还额外花了点儿时间买了油漆、靠垫和几幅挂在墙上的画。

　　在托特纳姆一家很不错的二手家具店里,我淘到了一张漂亮的沙发。这是一张紫红色的粗布沙发,希望这种面料能经得住Bob锋利的爪子。家里的老沙发已经破烂不堪,部分原因是自然老化,部分则是Bob用爪子抓挠坏的。所以现在,Bob被禁止抓挠新的沙发了。

几周后,我们就习惯了在漆黑寒冷的冬夜一起缩在新沙发里。我已经在期待和Bob一起过一个难忘的圣诞节了。但是在节日即将来临时,还是发生了一些变化。

除去账单之外,我很少收到信件,但2008年11月初的一天早晨,我收到了一封信。这是一封航空邮件,上面盖的邮戳是澳大利亚的塔斯马尼亚岛。

这是我妈妈寄来的。

我们很多年没有联系了。但抛开我们之间相隔千里的距离,信件还是让我感到亲切而温暖。她向我介绍自己搬去了塔斯马尼亚岛的新家,在那里过得很开心。

她来信的主要目的是向我发出邀请。"如果我给你买好前往澳大利亚的往返机票,你愿不愿意来看看我?"她问道。她说我可以在圣诞假期时过去,还建议我去墨尔本看看我的教父教母,我们曾经很亲近。

"期待回信,"她写道,"爱你的妈妈。"

如果是以前,我可能会直接把信扔进垃圾箱。我那时过于傲气和固执,拒绝接受来自家人的帮助。

但是现在的我已经变了,有了不同想法。我对生活的看法更清晰，曾经的愤怒和偏执也已经烟消云散了。因此我决定考虑考虑。

这是一个艰难的抉择，有很多利弊。

最大的好处是我又能见到妈妈了。过去，我们之间的关系时好时坏，但她毕竟是我的妈妈，我很想她。

在我的人生沦落到流落街头的过程中，我们曾联系过几次，但我从来没有告诉过她自己在这里的真实情况。过去的十年里我们见过一次面，她2000年来伦敦的时候，我们约在埃平森林附近的酒吧见面。当时我乘坐区域线地铁过来见她，聊了三四小时。当初我并没有遵守承诺在半年后返回澳大利亚，我告诉她自己在伦敦组织了一个乐队，不想回澳大利亚，因为我们正在努力把乐队做大。

我一直在酒吧里给她编故事。

撒谎的感觉并不好，但我没有勇气和胆量告诉她，我实际上露宿街头，吸食海洛因，每天都虚度光阴。

不知道她当时有没有相信，但在人生的那个阶段，我也不在乎这些。

之后我们偶尔会联系，但也有好几个月都不联系，这让她很伤心。

即便相隔很远，她对我的关心也从未停止。2005年7月7日伦敦发生爆炸案的时候，我没想过给她打电话报平安。当时我很幸运，离爆炸地点很远，但在世界的另一头，妈妈完全不清楚我的情况。她仍和尼克在一起,那时尼克正在塔斯马尼亚警察局工作。不知他是怎样联系到伦敦市警察局帮忙的,查到我的资料后,几名警察在一个清晨来到我位于达尔斯顿的住处找人。

他们敲门的时候把我吓了一大跳。

"别害怕伙计,你什么都没有做错。"我万分惊恐地打开门后,其中一个人说,"只是在大洋彼岸有人想知道你是不是还活着。"

当时我还想开玩笑说,你们差点儿把我的心脏病吓出来。但对于出警来找我,他们显得并不开心。

之后我和妈妈联系了,再次向她保证我的安全。我没想过有人会关心我的安危,这个念头自始至终都没有出现过。我只靠自己,只关心自己。但现在我已经不同了。

经过这些年的失踪和欺瞒,我知道这次去澳大利亚是一个跟她改善关系并且纠正自己错误的机会。我觉得自己必须这样做。

另外一点显而易见的好处是,我还将在温暖的阳光下过一个惬意的假期。生活在伦敦的这些年里,我经常工作到夜晚,已经很多年都没有这样享受过了。之前调整处方药把我折腾得够呛,眼下这几周的休息正是恢复体力的好时候。妈妈说自己现在住在小农场里,离河很近,听起来很有田园风情。澳大利亚,准确地说是澳大利亚的风景始终在我心中占有一个特殊的位置，重新回到那里对我的精神状态也会起到很好的作用。

好处可以列出很多，但坏处也不少。首先就是Bob怎么办？谁能照顾他？他能等到我回来的那一天吗？我愿不愿意跟我的这个"知音"分开好几个星期？

第一个问题的答案很明显。

我刚把这件事告诉贝尔，她就表示可以把Bob接到自己公寓中照看。我知道贝尔是值得信赖的，她也会照顾好Bob。但是我依然不确定，如果我离开会对Bob造成什么样的影响。

我还要为钱操心。即使妈妈能够为我买机票，我也不能空着手去澳大利亚。一番研究后，我发现在出发之前至少需要挣到500英镑。

在权衡了几天之后，我决定去澳大利亚。为什么不去呢？换个环境，多些阳光，没什么坏处。

要做的准备有很多。首先我需要一本新护照，但鉴于我最近几年四分五裂的生活状态，这一点并不容易。幸好在一位社工的帮助下，我准备好了一些纸质文件，其中包括了出生证明。

之后我需要挑选好航班。最便宜的航班是先飞到北京，再转机去墨尔本。这条航线很漫长，要在北京停留很长时间，但它比其他航线都要便宜得多。我给妈妈发了一封邮件，写上了所有的详细信息，包括我的新护照号。几天后，我收到了她发来的一封确认邮件，说机票已经帮我订好了。我随时可以出发了。

我现在唯一需要做的就是筹集500英镑，而这很容易。

我的航班将于十二月的第一周起飞。于是在接下来的三四个星期里，无论天气好坏，我都从早工作到晚。外面下大雨的时候我会把Bob留在家中，但是大部分时间他都跟在我身边。我知道他不喜欢被关在家中，但是在走之前我不想让他生病。如果他再次生病，我就没办法去澳大利亚了。

我很快就存了一些钱，都放在一个小小的茶叶罐里，慢慢罐子就满了。随着出发日期的临近，我终于为这次旅行攒够了所需的资金。

我心情沉重地前往希思罗机场。在贝尔的家中跟Bob告别时，他看起来并不太在意，显然他不知道我要至少6周之后才会回来。虽然他待在贝尔身边会很安全，但是我依然不放心。我真的已经成了一个过于思前想后的父亲。

我原以为去澳大利亚的旅途会很轻松，但事实证明我完全错了。旅程花了36小时，这绝对是一场噩梦。

旅行最初风平浪静。飞向北京的中国航班航行了11小时。我在飞机上看电影、吃饭，但由于身体不适始终睡不着。一部分原因是因为我的处方药,另一部分原因则是伦敦潮湿的天气。大概是我冒雨卖了太久的《大志》,航班上我一直在流鼻涕,打了很多喷嚏。当时空乘人员和其他旅客看我的眼神怪怪的,直到飞机在北京落地,我才知道原因。

还没坐上摆渡车,机长就广播了一则通知,开始讲的是中文,之后是英文。广播说未经允许,不能擅自离开自己的座位。

"好奇怪。"我心想。

接下来,我看到两名穿制服戴口罩的中国公务人员走进来。他们在过道交谈了一会儿后,径直向我走来。来到我面前时,其中一个人取出体温计。

空乘人员站在一旁给我翻译道:"他是中国的公务人员,需要测量你的体温。"

"好吧。"我说,心想眼下不是争辩的时候。

我张大嘴坐在那里,其中一个公务人员一直在看表。他们用中文低声交谈了几句后,空姐对我说:"你需要跟他们走一趟,做一些常规的药物检查。"

当时是2008年,SARS正闹得厉害,尤其是中国对这件事非常紧张。几天前我看到新闻报道,即便只有一点点感染的征兆,患者也会被遣返。很多人都被隔离了好几天。

所以跟他们走的时候我也明白了,仿佛看到了自己要在中国的病房里待上一个月的场景。

我做了各种检查，从验血到各项化验。大概检查发现了不少有趣的东西，但并没有猪流感或SARS的感染痕迹。几小时后，一位面带歉意的公务人员告诉我，我可以走了。

但问题是现在我不知道怎样找到接下来的航班，在巨大的、如机库一般的北京机场里，我彻底迷失了。

我大概花了三小时找行李和航班。上次来到机场航站楼已经是很多年前的事了，我都忘了这地方有多大，这里尤其如此。从T3航站楼的这一侧到那一侧甚至需要搭车。

在我拐错几个弯之后，离接续航班起飞只剩不到一小时了。

等到我上了飞机坐在座位上，整个人已经像块木头一样筋疲力尽了，我不禁长舒一口气。但没想到墨尔本又给了我当头一击。

过海关的时候，突然有一只拉布拉多犬凑过来闻我的行李。

"对不起先生，请你跟我们走一趟。"一位警卫说。

"上帝啊，"我心想，"我可能再也看不到妈妈了。"

他们把我带到检查室，开始翻看我的行李，还拿出一个毒品探测仪扫描我的背包。从他们的表情，我能看出来情况不太妙。

"很抱歉，你的行李可卡因测试呈现阳性。"警卫说。

我瞬间目瞪口呆,这怎么可能,我不吸可卡因,周围也没有人吸可卡因。我的那些朋友根本买不起这个。

他们说如果是用作私人用途,这就不是违法行为。

"如果你只是自己吸食可卡因,只要告诉我们就可以走了。"警卫说。

我解释了自己的情况:"我正在戒毒过程中,所以不会吸食任何毒品。"之后我还给他们看了医生开具的证明,解释我为什么会服用丁丙诺啡。

最后他们终于发了善心,给我拍照后放我走了。这离我第一次走到入关处已经过去了一小时。我还要赶另一趟去塔斯马尼亚的航班,又要飞几小时。当我最终抵达塔斯马尼亚的时候,已经筋疲力尽了。

看见妈妈的感觉依然很好。她早就等候在机场,长时间地拥抱了我。她流着眼泪,我想她一定很高兴看见我还活着。

虽然我没有哭,但也很高兴能见到她。

她住的农场和信里所描述的一模一样。房子是平房,又大又通风,屋后还有一座大花园,四周有农田环绕,一条小河从田间潺潺流过。这是一个非常宁静的、如诗如画的地方。在接下来的一个月里,我都会闲居在此,尽情地放松、恢复。

两个星期之后，我觉得自己已经变得与以往不同了，在伦敦的生活焦虑差不多被抛到了千里之外。妈妈尽心照顾我，让我吃好喝好，我能感觉到自己的力量在逐渐恢复。终于，我开始修复我们之间的关系了。

一开始我们并没有深入交谈，后来话匣子才打开。一天晚上，我们坐在阳台上，看着太阳落山，我喝了些酒，和盘托出了自己的过往。这既不是一次忏悔，也不是一部好莱坞煽情片。我只是在不停地说着，说着……

情感的闸门被打开了。多年来我一直用嗑药来逃避感情，而后来药物真的让我失去了感情。但渐渐我变了，我的感情现在回来了。

当我说起过去十年自己是怎么过的时，和天下所有父母一样，妈妈看起来吓坏了。

她几乎要哭出来了："当我看见你的时候，我就猜到你过得并不如意，但是我从来没想到会如此糟糕。"

她双手紧握地坐着，一次次轻声念叨着"为什么"。

"为什么你丢了护照不告诉我？"

"为什么你不给我打电话让我帮你一把？"

"为什么你不去找你父亲？"

她将这些全都归咎于自己，说自己一定是让我失望了。但我告诉她我并不怪她，其实是我让自己失望了，怨不了别人。

"你并没有让我睡在硬纸板的盒子里,也没有让我吸毒。"这句话让她哭了起来。

我们冰释前嫌,谈话更轻松了。我们谈起了在澳大利亚和英格兰度过的童年时光。不必再对她有所欺瞒,这让我很开心。我讲到自己小时候觉得她很冷漠,我是跟着保姆长大的,而且多次迁居也对我造成了很大影响。

这让她很难过,但她说自己当时只是为了挣钱养活我们,让我们能有个落脚的地方。我知道她说的是真的,但仍然希望她当初能多陪陪我。

我们开怀大笑。这不是一次气氛压抑的谈话。我们都承认彼此是多么的相似,接着聊起我十几岁的时候跟她发生的一些争吵,我们都笑了起来。

她也承认我们曾有过很多冲突。

妈妈说:"我个性很要强,你也一样。你的性格是从我这儿遗传的。"

但我们谈得更多的是现在的事。她问了我许多关于戒毒过程以及何时能够彻底戒除毒瘾的问题。我告诉她还有最后一步要做,但如果一切顺利的话,我将在一年左右彻底戒掉毒瘾。对于自己不了解的事,她只是专注地听着,我也一样。我们互相都有了更深的了解,不仅止于我们非常相似——这正是多年前我们会产生激烈冲突的原因。

在那次长谈中，我多次提及Bob。我随身带着一张Bob的照片，会把它给每一个感兴趣的人看，无论是谁。

当妈妈看到照片的时候，她笑着说："他看起来像个小精灵。"

"哦，他确实是。"我得意扬扬地说，"如果没有Bob，我现在都不知道自己会在哪儿。"

在澳大利亚的时光很美好，我可以在这里理清思绪。我知道了自己是从哪里来，想到哪里去。

我有点儿想搬回澳大利亚了，毕竟我的家人在这里，在这里能支持我的人要比伦敦多得多。但是我仍然挂念Bob，我不在他身边的时候，他肯定会感到失落，我也一样。想搬回澳大利亚的念头并没有持续太长时间。当我启程开始6个星期的休假时，心其实已经在回程的飞机上了。

我与妈妈道别，她把我送到机场，挥手送别。随后我去了墨尔本，在那儿跟教父教母待了一段时间。童年时，他们对我的影响也很大。他们经营着澳大利亚最大的私营电信公司，是澳大利亚第一家经营无线传呼机的公司，一度非常富裕。当我还是个孩子的时候，非常喜欢在他们位于墨尔本的大房子里玩耍。我和妈妈关系变紧张之后，还和他们住了一段时间。

当他们听到我的故事时，跟妈妈一样震惊。

他们承诺会在经济上资助我，甚至会在澳大利亚为我找份工作。但我再次向他们解释，我有责任回到伦敦。

归途一帆风顺。大概是因为我身体更加健康，看起来状态更好，所以通过海关和出入境的时候都没有遇到什么麻烦。我在澳大利亚的时候恢复得非常好，因此在回英国的航班上我几乎都在睡觉。

我非常渴望再次见到Bob，虽然有点儿担心他对我的态度会不会发生改变，甚至会不会忘记了我，但我其实根本无须担心。

我一走进贝尔的家，Bob的尾巴就翘了起来，从沙发上蹿下来奔向我。我给他带了一件小礼物——一对玩具布袋鼠，他很快就用爪子紧紧抓住其中一只。当天晚上我们一起回家的时候，他还像往常一样跳上我的手臂并坐在肩上。那一瞬间，我就把在世界另一边所经历的旅行抛在了脑后。我和Bob需要再一次共同面对整个世界，就好像我从未离开一样。

Chapter 19
地铁站站长

澳洲之行很美好,我的身体和精神都得到了恢复。回到伦敦后,我感觉到自己比过去任何时候都更加强壮了,对自己也更有信心了。与Bob的重聚让我更加精神焕发。在塔斯马尼亚的时候,没有他在身边,我觉得自己的身体缺失了一小部分,而现在我感到自己又完整了。

我们很快就回到了往日的生活中,彼此分享生活中的点点滴滴。即使现在我们在一起已经差不多两年了,他依然总是能让我吃惊。

在我离开的那段日子里,我总是喋喋不休地告诉别人Bob有多聪明。有好几次人们都以为我是个疯子。我敢肯定他们一定在想:"一只猫不可能有那么聪明。"

然而,在回来两个星期之后,我意识到自己依然低估了他。

对Bob来说，大小便一直都有些烦人。他从来不在我给他买的猫砂盆里排泄。直到现在我依然有好几包猫砂放在橱柜里落满灰尘（从买来的第一天开始就在那儿了）。

每次他大小便都要走下五楼去室外，这真是一件很让人痛苦的事情。但过去几个月，在我去澳大利亚之前，我就发现Bob大小便的频率不像往常那样高了。

我一度以为他是不是身体出了问题，所以带他去伊斯灵顿公园的蓝十字中心做了检查。兽医没有发现任何问题，推测他有可能是长大了，身体的新陈代谢发生了变化。

可事实比上述解释有趣得多。从澳大利亚回来之后不久，因为时差还没调整过来的缘故，我起得很早，大概在清晨6:30的时候就醒了。我挣扎着起床，一步一顿、睡眼惺忪地去上厕所。卫生间的门半开着，并且我能听到一阵轻轻的叮当声。"奇怪。"我心想。是不是有人偷偷摸进我家上厕所？但当我轻轻推开卫生间的门后，却被眼前所见到的情形震惊得彻底说不出话来：Bob正蹲在坐便器上。

这幅场景就像电影《拜见岳父大人》(*Meet the Parents*)里罗伯特·德尼罗（Robert De Niro）养的那只猫那样，只是这件事真的发生了。Bob显然觉得下楼大小便太麻烦，因此在过去几年间看我去了好多次卫生间之后，他已经明白他需要做的就是简单地模仿我。

当看到我正在盯着他看时，Bob给了我一个不屑一顾的表情，好像在说："你在看什么？我只是在上厕所。还有比这更普通的事情吗？"当然，他是对的。为什么我要对Bob的所作所为感到吃惊？他能做任何事，我不是早就知道这一点了吗？

天使区的许多居民都注意到了我们这段时间没有出现。在我们重新上班的第一个星期，不少人笑着说："啊，你们回来了！"或者是："我们还以为你们买彩票中大奖了呢。"这些都是真实而温暖的问候。

有一位女士放下了一张卡片，上面写着："我们很想念你们。"这种"回家"的感觉非常好。

当然，总有那么一两个人看我们不爽。

一天晚上，我跟一个华人妇女发生了激烈的争吵。以前我就注意到她了，她似乎看不起我和Bob。这一次，她又走到我跟前，像以前一样用手指着我。

"不对劲，不对劲。"她生气地说。

"对不起，哪里不对劲了？"我真的很困惑。

"一只猫像这样太不正常了，"她继续说，"他太安静了，你肯定给他吃了麻醉药。你给猫吃麻醉药了。"

这次我必须奋起反驳她了。

已经不是第一次有人做出这种暗示了。还在科芬公园的时候，有一天一个傲慢的教授模样的家伙停在我面前不客气地表示"已经看穿我了"。

"我知道你做了些什么。我知道你给他下药了，他才会这么温顺驯服。"他显得很得意。

"是的话又怎么样，先生？"我答道。

对于我敢直接回应，他很吃惊："我才不会告诉你，之后你还会换别的招数。"

"不，来吧，你可以提出指控，证明你的观点。"我继续反击。

他飞快地消失在人群中，这是个明智的选择，如果再继续说下去，恐怕我就要给他下点儿什么药了。

那个华人妇女也说出了相同的话，因此我也以相同的方式反击她。

"你觉得我给他吃了什么才让他像现在这样的？"我问。

"我不知道，"她说，"但是你肯定给他吃了什么东西。"

"好吧，如果我给他下药了，为什么他会每天都跟在我身边？为什么他不试着逃跑？我不可能当着这么多人的面给他下药。"

"喊……"她用手指着我，迈开步子，边走边说，"这不对劲，这不对劲。"她一边说着一边走入人群里。

一直都有人怀疑我虐待Bob，其中有人仅仅是不喜欢猫，有人则是不能接受《大志》销售员带着猫而不是带着狗，这太不寻常了。跟那个华人妇女吵完架几个星期之后，我又跟另外一个人干上了，但这次的情况完全不同。

早些时候在科芬公园卖艺时，就经常有人想买下Bob。有时，有人会过来问："你的猫卖多少钱？"而我通常会让他们走开。

在天使区，我又一次听到了这种问话，特别是从一个妇女嘴里说出来。她来过好几次，每次在谈到正题之前都会跟我闲聊一会儿。

"看，詹姆斯，"她说，"Bob不应该待在大街上。他应该在一个漂亮温暖的家中，过着更好的生活。"

每次谈到最后，她总会以一个问句结束："你要价多少？"

每次我都会拒绝她，这时她就会向我报价。从100英镑开始，一直讲到500英镑。

一天晚上，她最后一次走过来说："我要出1000英镑买下他。"

我只是看了看她，问："你有孩子吗？"

"嗯，是的，我当然有。"她结结巴巴地答道，感到有些意外。

"很好。你最小的孩子要多少钱？"

"你在说些什么？"

"你最小的孩子要多少钱？"

"我不认为这二者之间有什么关系。"

我打断她:"事实上,我认为确实有很大的关系。对我来说,Bob就是我的孩子。你要我卖掉他,实际上就跟我问你想要多少钱来卖掉你最小的孩子是一样的。"

她气呼呼地走了,从此我再也没见过她。

地铁站的工作人员对Bob的态度与他们截然不同。一天,我在跟售票员达维卡聊着天,看到无数人停下来给Bob拍照时,她笑了起来。

"他让天使地铁站出名了,难道不是吗?"

"是的。"我同意,"你应该让他成为你们中的一员,就像日本有一只猫当了地铁站站长一样。那只猫甚至还戴着一顶帽子。"

"我不知道我们有没有职位空缺。"达维卡乐不可支。

"好吧,你们至少应该给他一张胸卡或者其他什么东西。"我开玩笑地说。

她看着我,脸上若有所思,随后就走开了。我并没有再去想这件事。

几周后的一天晚上,Bob和我正在地铁站外坐着,达维卡过来了,脸上挂着大大的微笑,我马上就感到不对。

"怎么了?"我问。

"没事,我想给Bob这个。"她笑着拿出了一张印有Bob照片的地铁胸卡。

"这太棒了。"我说。

"我从网上下载了这张照片。"她的话让我稍感意外,Bob在网上干什么?

"所以这张卡有什么用?"我问。

"这意味着他能够免费坐地铁。"她继续笑着说。

"我想猫坐地铁一直都是免费的吧?"我大笑。

"好吧,这实际上意味着我们非常喜欢他。我们把他视作我们中的一员。"

我努力强忍着不让泪水流出来。

Chapter 20
漫长的一夜

2009年的春天就要来了,夜晚依然黑暗阴冷。我们的杂志销售一般会在晚上七点结束,那时天色渐暗,街道和人行道上会亮起灯来。

年初的几个月天使区游客还很少,如今突然热闹了起来,晚高峰时期有成百上千的人在地铁站出出进进。

也许这里曾经是富裕人士出没的场所,但是如今各式各样的人都被吸引而来。

在伦敦街头露宿的经历真的会能让你成为一台性能良好的"雷达",可以分辨出哪些人应该不惜一切代价躲开。那是九月的一个晚上,六点半到七点左右,对我来说正是一天当中最繁忙的时候,一个符合上述特征的人出现在天使地铁站。

我曾远远瞧见过他一两次。他是一个举止相当粗野的家伙。虽然我自己并不是穿戴特别整洁的人，但他比我更加不堪，看起来就像是露宿街头的人，浑身通红、布满瘢痕，衣服上污渍斑斑。但是他的狗使得他很引人注意，那是一只黑棕色的巨型罗特韦尔犬。当我第一眼看见那条狗时，我就知道它很好斗。他俩走在一起的样子让我想起《雾都孤儿》（*Oliver Twist*）中比尔·赛克斯（Bill Sikes）和他的狗的插图。你几乎可以立即判断出他们是惹是生非的家伙。

这天晚上，他俩在地铁入口处坐着，主人正在和另一个一脸精明的人说话，对方已经坐在这里喝了一个多小时的啤酒。我一点儿都不喜欢他们这副样子。

几乎同时，那条罗特韦尔犬发现了Bob。它用力拽着绳子，急吼吼地想过来，企图接近Bob。那家伙似乎拉住了他的狗，但究竟能拉住多久呢？他似乎对聊天和喝啤酒更感兴趣。

于是我开始收摊。这些人的到来坚定了我的想法，这一人一狗给了我一种不好的预感，我想让自己和Bob尽可能远离他们俩。

我开始收拾杂志，并把其他一些零碎物品都往包里塞。突然，我听到一声巨大的、刺耳的尖叫声。就像不入流的动作电影一样，接下来发生的事犹如慢动作。

我转过身，看见一道黑棕色的闪光直冲我和Bob过来了。那人明显没有拉住自己的狗，那只罗特韦尔

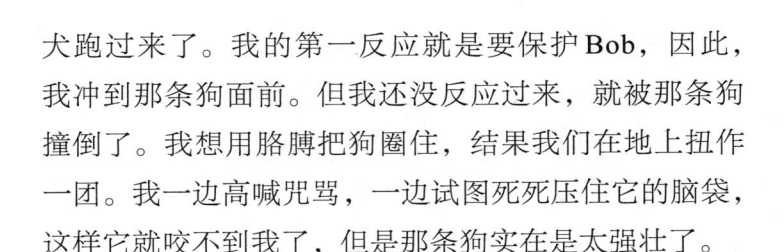

犬跑过来了。我的第一反应就是要保护Bob，因此，我冲到那条狗面前。但我还没反应过来，就被那条狗撞倒了。我想用胳膊把狗圈住，结果我们在地上扭作一团。我一边高喊咒骂，一边试图死死压住它的脑袋，这样它就咬不到我了，但是那条狗实在是太强壮了。

罗特韦尔犬是一种极为强壮的狗，纠缠的时间越长我越没有胜算。上帝知道我会被咬成什么样子。幸运的是，我听到有人在高声叫喊，狗的力道也明显减轻了，似乎是被人从另一个方向拽走了。

"快过来，你这家伙！"狗主人尽全力拉着狗绳。接着，他又用一个钝器狠狠打了几下狗的头，不知道那是什么，但声音听起来让人很不舒服。如果在其他情况下，我肯定会担心那条狗的安危，但是我现在更担心Bob，他一定吓坏了。我转过身去找他，却发现他之前坐着的地方是空的。我又转头去看有没有可能是周围的人把他捉住了，但是踪影全无。Bob不见了。

突然，我意识到我做了些什么。刚才在离我们较远的长凳下有一摞《大志》，而Bob的绳子没有那么长，焦虑之下为了能更快地离开这一人一狗，我把拴Bob的绳子从腰带上解开了。虽然收拾杂志只有几秒钟，但那已经足够长了。我犯了一个很大的错误。那条罗特韦尔犬一定看到了，Bob肯定也看到了。这就是狗恰恰在那个时候挣脱控制向我们扑过来的原因。

我马上感到一阵恐慌。

一些人围过来问我是否还好。

"我很好。有人看见Bob了吗？"其实当时我并不好，罗特韦尔犬冲过来的时候咬伤了我的手。这时有位老主顾出现了，这是一位中年女性，常常给Bob带零食，她看到了整个过程。

"我刚才看见Bob了，他向卡姆登走廊跑去了。"她说，"我想抓住他的绳子，但他跑得太快了。"

"多谢。"我说。

我抓起背包跑了过去，心扑通扑通跳个不停。

我脑海里马上回想起Bob在皮卡迪利广场走失的情景。不知何故，这一次的感觉更加糟糕。那一次，他只是被一个穿着奇怪的人吓坏了。而这一次，他是真的遇到了生命危险。如果我没有出手保护他，那条罗特韦尔犬肯定已经攻击到他了。我不知道这样恐怖的场景会对他造成什么影响。也许这让他想起了过去的事，我猜他跟我一样被吓坏了。

我直接跑向卡姆登走廊，边跑边躲着傍晚时分在大大小小的酒吧和餐馆附近闲逛的人群。

"Bob，Bob。"我不停地喊着，吸引了路人的目光。"有人见过一只姜黄色的猫从这边跑过去吗？他的绳子拖在后面。"我问一群站在一家酒吧外的人。

他们都耸耸肩。

我原希望Bob能躲进一家商店，就像皮卡迪利广场那次一样，但是路边的大部分商店都关门了，只有酒吧、餐馆和咖啡馆开着。我沿着狭窄的小路跑着，边跑便四处打听，但什么消息都没有，人们纷纷向我摇头。如果Bob一直向北跑出了卡姆登走廊，他将会跑到埃塞克斯主干道上，那里是通向达尔斯顿的路。他此前曾经走过这条路的一小段，但从来没在晚上走过，也没有独自走过。

当我开始有点儿绝望时，在走廊尽头看到一位女士站在伊斯灵顿公园对面。她指着那条路，说：

"我看见一只猫朝那儿跑过去了。他跑得像火箭一样快，丝毫没有停下来的意思，他改变方向跑到主干道上去了，看起来好像在思考怎么过马路。"

我走到走廊尽头的街上环顾四周。Bob很喜欢伊斯灵顿公园，通常会在那儿方便。那儿也是蓝十字中心所在地，我应该去那儿看看。我飞快地穿过马路，跑进一小块被围起来的草地，这里有一些灌木，他常常喜欢在这里巡视。我跪下来，在树丛中搜寻着。即使光线越来越暗，黑得伸手不见五指，我依然抱有一丝希望，觉得也许能看见一双明亮的眼睛在看着我。

"Bob！Bob，伙计！是我！"但是什么也没有。

我跑到公园另一角，大喊了几声，但是除了长椅上醉汉的号叫，我只能听到汽车持续不断的嗡嗡声。

离开了公园，我发现自己站在一家巨大的水石书店门前。Bob和我通常会来这儿，这里的店员都很喜欢他。现在我像抓住了一根救命稻草，也许他就躲在这儿。

书店里非常安静，一些店员正在准备打烊，只有很少的几个人在书架间浏览。

收银台后面站着一位我认识的女士。此时的我已经汗流浃背、气喘吁吁，看起来很焦躁。

"你怎么了？"她问。

"Bob丢了。一条狗攻击了我们，Bob跑掉了。他有没有跑到这儿来？"

"没有。"她答道，脸上的表情非常担心，"我一直在这儿，但是没见到他。我去楼上问问。"

"你们有没有看到一只猫跑上来？"她说。对方摇头的姿势告诉了我答案。"非常抱歉。如果我们看到他，肯定会保护他的。"

"多谢。"我说。

当我魂不守舍地走出书店，走进已经漆黑的夜色中时，脑海里只有一个念头：我再也见不到他了。

接下来的几分钟里，我都魂不守舍。我沿着埃塞克斯路一直走着，不再去咖啡馆、餐馆和酒吧之类的地方寻找。

这是我们每天上下班都会走的路。当看见一辆驶往托特纳姆的公共汽车时，我那疲惫的心里突然冒出了另一个想法。他不会这样做吧？他会这样做吗？

在一个公共汽车站台上，我问售票员有没有看见一只猫爬上公共汽车。我了解Bob，他足够聪明，有可能会上公共汽车，但是那家伙看我的表情就好像是我在问他有没有在73路车上看见外星人一样。他摇摇头，转过脸去了。

猫的方向感很强，进行长距离旅行也没问题，但是Bob绝不可能徒步走回托特纳姆。那是漫长的3.5公里的路程，其间坑洼不平。我们从未徒步走过这段路程，每次都是坐公共汽车。我很快就知道Bob不可能走回去。

接下来半小时左右，我的情绪就像坐过山车一样起起伏伏。我试图自我安慰，他不可能在外面流浪太久而不被人发现并确认身份。许多当地人都知道他是谁。即使有人不认识他，他们也会发现他被植入了芯片，所有信息都储存在国家微芯片中心里。

但是还没等我完全说服自己，另一股完全不同的情绪突然将我淹没了，一系列梦魇般的想法不断在我脑中乱窜。

也许三年前就是这样。这就是为什么他会在那个春夜出现在我的公寓前。这次的事让他再度下定决心离开。我的内心极度挣扎，从情理上讲我会对自己说："他没事，你会把他找回来的。"但是，我更疯狂、更不理性的一面会说情况并不那么乐观："他丢了，你再也见不到他了。"我在埃塞克斯路上徘徊了将近一小时，四周漆黑一片，拥堵的车辆一直蜿蜒到伊斯灵顿高速公路的尽头。我依然茫然不知所措，大脑一片空白。我开始漫无目的地沿着埃塞克斯路向多尔斯顿走去,贝尔的家就在一公里外的公寓里,我要去找她。

当我穿过一条小巷的时候,看见一条尾巴闪了一下。那尾巴又黑又细,跟Bob的尾巴很不一样,但是处在当时那种状态当中,我的脑子根本转不过弯来,坚持认为自己看到了他。

"Bob!"我大喊着冲进了黑暗中的角落里,但是那儿空无一物。

寂静中我听到了"喵"声,但那不是他的声音。几分钟后,我不得不离开了。

交通顺畅了很多后,夜晚突然变得很寂静。我第一次注意到天上的星星出来了,虽然不像澳大利亚的夜空,但是依然让人印象深刻。几个星期前,我还在塔斯马尼亚岛上看星星。我在澳大利亚的时候曾经告诉每个人,我要回来照顾Bob。"看你干的好事。"我狠狠地骂自己。

我甚至开始怀疑是不是因为我在澳大利亚待的时间太长、是不是分开的时光让我和Bob之间没那么亲密了、是不是长达6周的分离让Bob怀疑我对他的承诺?当那头罗特韦尔犬袭击他的时候,他是不是决定不再依靠我来保护他了?这些念头折磨得我想拼命大喊。

当通向贝尔家的道路隐约可见时,我急得都快哭了。如果失去他我怎么办?我再也找不到一个像Bob

这样的伙伴了。多年来我第一次有了想吸毒的冲动。

我试图打消这个念头，但潜意识里开始了强烈的冲突。如果我真的失去了Bob，我将无法面对这一切。我必须麻痹自己才能不让自己悲伤，而我现在已经有了这种悲伤的感觉。

贝尔也曾像我一样多年与毒品搏斗，但我知道她的室友还在吸毒。我越接近她家所在的街道，脑海里那个念头就越可怕。

当我走到贝尔家门口时，已经将近晚上十点了，我已经在大街上游荡了好几小时，远处又响起了警笛声，也许警察正赶着去处理一起酒吧斗殴事件吧，我根本不在乎。

我沿路走向贝尔家公寓楼灯光昏暗的正门，却发现大楼的阴影处有一个东西静静地坐在那儿。那是一只猫的轮廓，但到目前为止，我已经放弃希望了，那很可能是另外一只流浪猫来这御寒。但是随后我看到了他的脸，那张脸我绝对不可能看错。

"Bob！"

他发出一声哀怨的猫叫，就好像三年前在走廊里发出的声音一样。他好像在说："你去哪儿了？我已经等了好久。"

我一把抱起他，紧紧搂着。

"如果你再像那样跑掉，会要我的命的。"我说。与此同时，我的脑子转得飞快，想知道他到底是怎么来这儿的。

很快我就明白了。Bob已经跟我一起来过贝尔家好多次了，而且当我离开的时候，他在这儿待了6个星期。他来这儿也是有道理的。我觉得自己像个傻瓜，怎么没早想到这一点。但是他自己究竟是怎么走到这儿来的？这儿离天使地铁站有1.5公里的距离。他是一直走过来的吗？他到这儿多长时间了？

但现在一切都无关紧要了。我不停地抚摸着他，他也在舔我的手，舌头就像砂纸一样粗糙。他用脸蹭着我的脸，卷起了尾巴。

我跑到贝尔家，贝尔邀请我进了门。我的情绪已经从绝望转变成了极度的兴奋，我觉得自己是世界上最幸福的人。

"要不要来点儿什么庆祝一下？"贝尔的室友一脸坏笑。

"不，非常感谢。"我边笑边挠着Bob，他也在开玩笑地挠着我的手。我看着贝尔说："只要来一瓶啤酒就好了。"

Bob不需要毒品度过漫漫长夜，他只需要我，并且我也只需要他。不仅仅是今晚，我这一生都要照顾他。

Chapter 21
Bob，《大志》之猫

随着三月的太阳下山，黄昏降临，伦敦再一次迎来了夜晚。伊斯灵顿高速公路上的车流量越来越大，汽车喇叭声此起彼伏。人行道上也非常繁忙，人们在地铁站大厅里进进出出。高峰期已经开始，并且名副其实。人人似乎都有着自己的目的地。当然，也并非所有人都是如此。

我正在数着手里剩下的杂志是否够卖时，眼角余光瞥见了几个孩子围在我们周围。他们大约都十几岁，三男两女，看起来像南美人，也有可能是西班牙人或葡萄牙人。

这没什么奇怪的。不只在科芬公园、莱斯特广场和皮卡迪利广场，伊斯灵顿也随处可见外国游客，Bob对他们也很有吸引力。他几乎没有哪一天不像这样被人围着。

然而，这天晚上的与众不同之处在于他们指着 Bob，不停地说着什么。

"啊，Si，Bob。"一个十几岁的小女孩说，我猜她说的应该是西班牙语。

"Si，Si。Bob，《大志》之猫。"另外一个孩子说。

当我听到她说的话之后，我对自己说："真奇怪。他们是怎么知道 Bob 的名字的？他脸上又没写着名字，而且他们说的'《大志》之猫'是什么意思？"

我没忍住自己的好奇心。

"抱歉，我想问一下，你们是怎么知道 Bob 的？"我希望他们有人能说一口标准的英语，因为我一点儿都不会说西班牙语。

很幸运，一个男孩笑着说："哦，我们在 YouTube 网站上看到过他。Bob 非常受欢迎，对吧？"

"是吗？有人跟我说过他们在 YouTube 上见过 Bob，但是我不知道有多少人看过他。"

"我想有很多人都看过他。"那个男孩笑着说。

"你们从哪儿来？"我好奇地问。

"西班牙。"

"Bob 是不是在西班牙也很受欢迎？"

男孩向同伴翻译了我的问题后，另外一个男孩说："Si，si，Bob es una estrella en España。"

"抱歉，他说什么？"我问。

"他说 Bob 在西班牙是大明星。"

我震惊了。

我知道过去几年间有很多人给Bob拍过照片,从我在街头卖艺开始,一直持续到现在卖《大志》杂志。我甚至开玩笑地想知道,他是否能以"世界上被拍次数最多的猫"的名义被收入吉尼斯世界纪录。

还有一些人给Bob拍了视频,有人是用手机拍的,有人则用了摄像机。我开始回忆最近几个月为他录像的人,现在在YouTube上的视频是谁传的呢?有好几个人选,我把他们列下来,打算找机会去查一查。

第二天早晨,我带着Bob去了图书馆上网。

我敲入搜索关键词:Bob,《大志》之猫。果然,出现了一个YouTube上的链接。我点开了。让我惊讶的是不止一段视频,而是两段。

"嘿,Bob,看,他说得很对。你在YouTube上是个大明星。"

直到此时,Bob都不太感兴趣,毕竟这不是第4频道的赛马节目。但是当我点开第一段视频让他看到并且听到我在说话时,Bob就跳上了键盘,眼睛直勾勾地盯着电脑屏幕。

第一段视频名为《小猫Bob和我》。一段记忆涌上心头,那是我们在尼尔街卖《大志》杂志的时候,一个学电影的学生在我旁边拍了一段时间。视频里有我和Bob留下的美好印记,我们坐上公共汽车,走在大街上。这段视频很贴切地总结了《大志》杂志销售员日复一日的工作。有不少人来逗Bob，但也有人不相信他是"温顺"的猫，这群人和认为我给Bob下药的人同属一类。

另外一段视频的拍摄时间比较靠后，是一个俄罗斯人在天使地铁站附近拍的。我点开链接，发现他把这段视频取名为《Bob，〈大志〉之猫》。这一定就是那些西班牙学生看过的视频。它有上万次点击量，我大吃一惊。

Bob已经具有相当高的知名度了。这并不完全让我感到惊讶，因为这已经有一阵子了，时常会有人说："啊，那是Bob吧？我听说过他。"或者问："这就是那只著名的小猫Bob？"我本以为这是口耳相传的结果。就在遇到那群西班牙学生之前的几个星期，我们还被当地的一家报社《伊斯灵顿论坛报》（*Islington Tribune*）报道了。甚至有一位美国女士联系我，她是一名经纪人，问我有没有想过把我和Bob的故事写成一本书。好像想过！

遇见那群西班牙学生让我了解到Bob的名气比我想象的要大得多。他正在成为一名"猫界巨星"。

走向公共汽车站的时候，我回想起发生的这一切，忍不住笑了出来。我在一段视频里说，Bob拯救了我的生活。当我第一次听到这种话时,我觉得有些蠢也有些夸张。但是当Bob和我离开图书馆走在路上时,我再次正视这个问题,逐渐认同了这句话:这是真的,他真的拯救了我的生活!

自从我在那个灯光昏暗的走廊里发现他,这几年来,Bob已经彻底改变了我的世界。我当时是一个戒除毒瘾中的人,过着仅能糊口的生活,将近30岁,除了生存之外没有任何人生方向或人生目标。我跟家人失去了联系,而且在这个世界上几乎没有朋友。毫不客气地讲,我的生活一团糟。现在,所有这一切都变了。

我回到澳大利亚的旅程并不能弥补过去犯下的错误,但是却能让我和母亲重归于好。心灵的伤口正在逐步愈合,我们再次亲近了起来。我也进入了结束和毒品抗争的过程,丁丙诺啡的用量正在逐渐下降,不需要服用它的那一天已经指日可待。我能够看到最终完全戒毒的那一天。这些是我此前根本不敢想象的。

最重要的是,我已经扎下根了。在别人看来可能不算什么,但我在托特纳姆的小公寓给了我某种渴望已久的安全感和稳定感。我已经在那儿住了4年——比我此前住过的任何一个地方都长。我敢肯定,如果没有Bob,这一切都不会发生。

虽然从小我都会跟着家人去做礼拜,但我并不是个虔诚的基督徒。我不是不可知论者,也不是无神论者。我的观点是，应当借鉴不同宗教和哲学的精华，这样你就可以根据生活构建自己的信仰结构。比如，我相信因果报应，认为有因必有果。我很想知道，在我那段混乱不堪的生活中，是不是在某时做过一些好事，因此上天才把Bob奖励给我作为回报。

也许Bob和我在前世就已相识。我们之间的联系以及我们目前的关系都非同寻常。有人曾经跟我说过，我们俩就像是童话中的迪克·惠廷顿（Dick Whittington）和他的猫。只不过我觉得迪克·惠廷顿化身成了Bob，而我则变成了他的那个伙伴。我喜欢这个说法。Bob是我最好的伙伴，而且他引导我走上了一条完全不同的——并且更好的——人生道路。他不要求更多的回报，只需要我照顾他，而那也是我正在做的。

每个人都需要一个转折点，每个人都可以有第二次机会。Bob和我抓住了！

致 谢

写这本书是一次奇妙的经历。许多人都在其中扮演了重要的角色。

首先,也是最重要的,我想感谢我的家人,特别是我的父母,是他们让我有决心能够度过生命中的黑暗时刻。我还想感谢我的教父教母,特里·温特斯(Terry Winters)和玛丽莲·温特斯(Merilyn Winters),他们一直是我的好朋友。

过去几年,在伦敦街头,许多人都对我很好,但是我想特别感谢《大志》杂志的销售协调员萨姆(Sam)、汤姆(Tom)、李(Lee)和丽塔(Rita),他们对我非常照顾。感谢推广人员凯文(Kevin)和克里斯(Chris)的同情和谅解。我还要感谢蓝十字中心和RSPCA提供的诸多建议,还有天使地铁站的达维卡(Davika)、利安娜(Leanne)以及其他工作人员,他们给了我和Bob巨大的支持。

我还要感谢食与思餐厅(Food For Thought)以及尼尔街上的皮克斯(Pix),他们总是会给我和Bob提供一杯温暖的香茶和一杯牛奶。我还要感谢索霍区钻石店的达里尔（Daryl）以及修鞋匠保罗（Paul）和丹（Den），他们一直都是我的好朋友。我还想感谢"腐蚀驾驶唱片公司"的皮特·沃特金斯（Pete Watkins）、"马赛克之家酒吧"的DJ凯维·尼克（Cavey Nik）和罗恩·理查德森（Ron Richardson）。

如果没有我的经纪人玛丽·帕奇诺斯（Mary Pachnos），这本书绝对不会成形。她是第一个让我写书的人。这在当时听起来相当疯狂，如果没有她和作家加里·詹金斯（Garry Jenkins）的帮助，我永远都不可能把这一切写下来并使之成为一个连贯的故事。因此，我要衷心感谢玛丽和加里。我还想感谢霍德斯托顿出版社的罗伊娜·韦伯（Rowena Webb）、吉亚拉·弗利（Ciara Foley）、艾玛·奈特（Emma Knight）和其他优秀的团队成员。我还想感谢阿兰（Alan）和水石书店的员工，他们甚至允许我和加里在安静的楼上写书。我还要大大感谢基蒂（Kitty），如果没有她一直以来的支持，我们俩一定会迷路。

最后，我想感谢斯科特·哈特福德－戴维斯（Scott Hartford-Davis），近年来，他给了我赖以生存的生活信念，还有莉·安（Leigh Ann），我一直都记得你。

最后，但绝非无足轻重，我还要感谢这个2007年闯入我生活的小伙伴，自从我们认识以后，他已经给我的生活注入了许多积极的正能量。每个人都应该拥有一个像Bob这样的朋友。非常幸运，我已经找到了。

詹姆斯·波文
2012年1月于伦敦

出版后记

詹姆斯是一个伦敦街头的卖艺人,靠着微薄的收入勉强维持生计。家庭的不睦、梦想的受挫、毒品的诱惑,将他一步步推向了流浪生活。那些过去的痛苦经历不仅使他难以相信他人,更是对人生充满了失望。他孤独、困苦,却对现状毫无办法,每一天都处于得过且过的状态。直到一个晚上,一只受伤的猫咪出现在他的公寓楼里。他被这只美丽的精灵所吸引,为他取名Bob,并在接下来的两周内带Bob看病,悉心照顾他。Bob恢复后,出于对动物天性和自身窘况的考虑,詹姆斯决定放Bob离开。然而,出人意料的是,Bob不仅没有离他远去,反而开始主动跟着他出门卖艺。

就这样,詹姆斯和Bob成了一家人,像"两个火枪手"一样生活,共同经历危机,也共同感受他人的关怀。和Bob的点滴相处让詹姆斯获得了正视自我的勇气,为了带给Bob安定的生活,他开始努力工作,下定决心戒除毒瘾,努力修复和家人的关系,重新学会为他人着想。他们渐渐成为街头、网络的焦点，那些过往的回忆不再像梦魇一样纠缠不休，生活随之焕然一新。

　　这是一个简单的故事，却充满了相互陪伴、相互鼓励、相互关爱的脉脉温情。在这一版本中，詹姆斯写出了更多与 Bob 相处的细节和街头生活的困难，使我们得以更贴近故事的本貌，感受这只神奇小猫带来的转变力量。詹姆斯曾经潦倒落魄，Bob 曾经挣扎生存，然而他们遇到了彼此，幸运地在转弯处抓住了自己的第二次机会，最终将这个饱含希望的故事带给我们。

　　也许生活不会时时向我们展露笑容，但是，看完这个故事的你一定也能遇到自己的第二次机会。

后浪出版公司
2018年6月

图书在版编目（CIP）数据

遇见一只猫：与 Bob 相伴的日子 /（英）詹姆斯·波文著；袁婧，檀秋文，许伟伟译. —北京：中国华侨出版社，2018.9（2023.8重印）
ISBN 978-7-5113-7700-5

Ⅰ.①遇… Ⅱ.①詹… ②袁… ③檀… ④许… Ⅲ.①自传体小说—英国—现代 Ⅳ.①I561.45

中国版本图书馆CIP数据核字(2018)第088334号

A STREET CAT NAMED BOB: HOW ONE MAN AND HIS CAT FOUND HOPE ON THE STREET By JAMES BOWEN
Copyright: © 2012 BY JAMES BOWEN AND GARRY JENKINS
This edition arranged with AITKEN ALEXANDER ASSOCIATES LTD
through BIG APPLE AGENCY, INC., LABUAN, MALAYSIA.
Simplified Chinese edition copyright:
2018 Ginkgo (Beijing) Book Co., Ltd.
All rights reserved.

本书中文简体版由银杏树下（北京）图书有限责任公司版权引进。
版权登记号　图字　01-2018-4328

遇见一只猫：与 Bob 相伴的日子

著　　者：[英]詹姆斯·波文	译　　者：袁　婧　檀秋文　许伟伟
责任编辑：唐崇杰	特约编辑：俞凌波
筹划出版：银杏树下	出版统筹：吴兴元
营销推广：ONEBOOK	装帧制造：墨白空间
经　　销：新华书店	开　　本：889mm×1194mm　1/32开
印　　张：7.75	字　　数：126千字
印　　刷：嘉业印刷（天津）有限公司	
版　　次：2018年9月第1版	
印　　次：2023年8月第8次印刷	
书　　号：ISBN 978-7-5113-7700-5	
定　　价：39.80元	

中国华侨出版社　北京市朝阳区西坝河东里77号楼底商5号　邮编：100028
发 行 部：(010) 58815874　传真：(010) 58815857
网　　址：www.oveaschin.com　E-mail: oveaschin@sina.com

如果发现印刷质量问题，影响阅读，请与印刷厂联系调换。

猫语大辞典

著　　者：［日］今泉忠明

译　　者：小岩井

书　　号：978-7-5502-7161-6

出版时间：2016.08

定　　价：39.80 元

内容简介

　　每只猫都有自己独特的个性和表达习惯，我们和猫咪属于两个不同的世界，即使再爱它们，语言上的障碍也总让人困惑受挫。为什么它喜欢趴在我的电脑上？为什么它开心烦恼时都会摇尾巴？为什么冷不丁就翻脸挠人？虽然爱猫之人众多，但恐怕很多人都不知道喵星人的真正所想，不知道知道它们"喵叫"背后的真正含义。所以，继《猫咪学问大》之后，这本《猫语大辞典》以同样专业、友善的建议，帮助你用猫的眼睛看世界！

　　本书由日本猫博物馆馆长今泉忠明编写，以猫的"喵叫"为中心，辅以猫的姿态，动作，行为，解读种种现象后隐藏的真正含义，让你以猫的思考方式了解喵星人的世界，成为它真正的伙伴。爱它，就该弄懂它，告别低三下四的费劲取悦吧，用对的方式爱猫，它会心甘情愿伴你一生。

育猫全书

著　　者：［德］格尔德·路德维希

译　　者：黄宇丽

书　　号：978-7-5502-9188-1

出版时间：2017.05

定　　价：78.00 元

内容简介

  德国育猫专家路德维希博士为爱猫人士精心准备的猫咪百科。猫咪是如何成为人类的宠物的？哪些品种的猫咪适合家养？如何挑选适合自己的猫咪？猫咪可以遛吗？市面上的猫粮可以直接给猫咪吃吗？如何在家里给猫咪体检？猫咪真的不能被驯养吗……本书介绍人类和猫咪共同生活所需的各方面技巧——从挑选最合适的猫咪品种，与不同年龄段猫咪的交流方式，到为猫咪提供健康饮食，开发猫咪最感兴趣的游戏等，让爱猫的你能够为自家猫咪打造一个舒适的生活环境，健康快乐地与猫咪长久相伴。如果你只需要一本养猫教科书，就把这本书带回家吧。